U0037189

故園情（上）

唐魯孫——著

目錄

饞人說饞——閱讀唐魯孫

逯耀東

前些時，去了一趟北京。在那裡住了十天。像過去在大陸行走一樣，既不探幽攬勝，也不學術掛鉤，兩肩擔一口，純粹探訪些真正人民的吃食。所以，在北京穿大街過胡同，確實吃了不少。但我非燕人，過去也沒在北京待過，不知這些吃食的舊時味，而且經過一次天翻地覆以後，又改變了多少，不由想起唐魯孫來。

七〇年代初，臺北文壇突然出了一位新進的老作家。所謂新進，過去從沒聽過他的名號。至於老，他操筆為文時，已經花甲開外了，他就是唐魯孫。民國六十一年《聯副》發表了一篇充滿「京味兒」的〈吃在北京〉，不僅引起老北京的蓴鱸之思，海內外一時傳誦。自此，唐魯孫不僅是位新進的老作家，又是一位多產的作家，從那時開始到他謝世的十餘年間，前後出版了十二冊談故鄉歲時風物，市廛風俗，飲食風尚，並兼談其他軼聞掌故的集子。

這些集子的內容雖然很駁雜，卻以飲食為主，百分之七十以上是談飲食的，唐魯孫對吃有這麼濃厚的興趣，而且又那麼執著，歸根結柢只有一個字，就是饞。他在〈烙盒子〉寫到：「前些時候，讀逯耀東先生談過天興居，於是把我饞人的饞蟲，勾了上來。」梁實秋先生讀了唐魯孫最初結集的《中國吃》，寫文章說：「中國人饞，也許北京人比較起來更饞。」唐魯孫的回應是：「在下忝為中國人，又是土生土長的北京人，可以夠得上饞中之饞了。」而且唐魯孫的親友原本就稱他為饞人。他說：「我的親友是饞人卓相的，後來朋友讀者覺得叫我饞人，有點難以啟齒，於是賜以佳名叫我美食家，其實說白了還是饞人。」其實，美食家和饞人還是有區別的。所謂的美食家自標身價，專挑貴的珍饈美味吃，饞人卻不忌嘴，什麼都吃，而且樣樣都吃得津津有味。唐魯孫是個饞人，饞是他寫作的動力。他寫的一系列談吃的文章，可謂之饞人說饞。

不過，唐魯孫的饞，不是普通的饞，其來有自；唐魯孫是旗人，原姓他他那氏，隸屬鑲紅旗的八旗子弟。曾祖長善，字樂初，官至廣東將軍。長善風雅好文，在廣東任上，曾招文廷式、梁鼎芬伴其二子共讀，後來四人都入翰林。長子志銳，字伯愚，次子志鈞，字仲魯，曾任兵部侍郎，同情康梁變法，戊戌六君常集會其家，慈禧聞之不悅，調派志鈞為伊犁將軍，遠赴新疆，後敕回，辛亥時遇刺。仲魯是唐魯孫的祖父，其名魯孫即緣於此。唐魯孫的曾叔祖父長敘，官至刑部次郎，其二女並選入宮侍光緒，為珍妃、瑾妃。珍、瑾二妃是唐魯孫的族姑祖母。民初，唐魯孫時七八歲，進宮向瑾太妃叩春節，被封為一品官職。唐魯孫的母親是李鶴年之女。李鶴年奉天義州人，道光二十年翰林，官至河南巡撫、河道總督、閩浙總督。

唐魯孫是世澤名門之後，世宦家族飲食服制皆有定規，隨便不得。唐魯孫說他家以蛋炒飯與青椒炒牛肉絲試家廚，合則錄用，且各有所司。小至家常吃的打滷麵也不能馬虎，要滷不瀉湯才算及格，吃麵必須麵一挑起就往嘴裡送，筷子一翻動，滷就瀉了。這是唐魯孫自小培植出的饞嘴的環境。不過，唐魯孫雖家住北京，可是他先世遊宦江浙、兩廣，遠及雲貴、川黔，成了東西南北的人。就飲食方面，嘗遍南甜北鹹，東辣西酸，口味不東不西，不南不北變成雜合菜了。這對唐魯孫這個饞人有個好處，以後吃遍天下都不挑嘴。

唐魯孫的父親過世得早，他十六七歲就要頂門立戶，跟外面交際應酬周旋，觥籌交錯，展開了他走出家門的個人的飲食經驗。唐魯孫二十出頭就出外工作，先武漢後上海，遊宦遍全國。他終於跨出北京城，東西看南北吃了，然其饞更甚於往日。他說他吃過江蘇里下河的鮰魚，松花江的白魚，就是沒有吃過青海的鰉魚。後來終於有一個機會一履斯土。他說：「時屆隆冬數九，地凍天寒，誰都願意在家過個闔家團圓的舒服年，有了這個人棄我取，可遇不可求的機會，自然欣然就道，冒寒西行。」唐魯孫這次「冒寒西行」，不僅吃到青海的鰉魚、烤犛牛肉，還在甘肅蘭州吃了全羊宴，唐魯孫真是為饞走天涯了。

民國三十五年，唐魯孫渡海來臺，初任臺北松山菸廠的廠長，後來又調任屏東菸廠，六十二年退休。退休後覺得無所事事，可以遣有生之涯。終於提筆為文，至於文章寫作的範圍，他說：「寡人有疾，自命好啖。別人也稱我饞人。所以，把以往吃過的旨酒名饌，寫點出來，就足夠自娛娛人的了。」於是饞人說饞就這樣問世了。唐魯孫說饞的文章，他最初的文友後來成為至交的夏元瑜說，唐魯孫以文字形容烹調的味道，「好像老殘遊記山水風光，形容黑妞的大鼓一般。」這是說唐魯孫的饞人談饞，不僅寫出吃的味道，並且以吃的場景，襯托出吃的情趣，這是很難有人能比較的。所以如此，唐魯孫說：「任何事物都講究個純真，自己的舌頭品出來的滋味，再用自己的手寫出來，似乎比捕風捉影寫出來的東西來得真實扼要些。」因此，唐魯孫將自己的飲食經驗真實扼要寫出來，正好填補他所經歷的那個時代，某些飲食資料的真空，成為研究這個時期飲食流變的第一手資料。

尤其臺灣過去半個世紀的飲食資料是一片空白，唐魯孫民國三十五年春天就來到臺灣，他的所見、所聞與所吃，經過饞人說饞的真實扼要的記錄，也可以看出其間飲食的流變。他說他初到臺灣，除了太平町延平北路，幾家穿廊圓拱，瓊室丹房的蓬來閣、新中華、小春園幾家大酒家外，想找個像樣的地方，又沒有酒女侑酒的飯館，可以說是鳳毛麟角，幾乎沒有。三十八年後，各地人士紛紛來臺，首先是廣東菜大行其道，四川菜隨後跟進，陝西泡饃居然也插上一腳，湘南菜鬧騰一陣後，雲南大薄片、湖北珍珠丸子、福建的紅糟海鮮，也都曾熱鬧一時。後來，又想吃膏腴肥濃的檔口菜，於是江浙菜又乘時而起，然後更將目標轉向淮揚菜。於是，金齏玉膾登場獻食，村童山老愛吃的山蔬野味，也紛紛雜陳。可以說集各地飲食之大成、彙南北口味為一爐，這是中國飲食在臺灣的一次混合。

不過，這些外地來的美饌，唐魯孫說吃起來總有似是而非的感覺，經遷徙的影響與材料的取得不同，已非舊時味了。於是饞人隨遇而安，就地取材解饞。唐魯孫在臺灣生活了三十多年，經常南來北往，橫走東西，發現不少臺灣在地的美味與小吃。他非常欣賞臺灣的海鮮，認為臺灣的海鮮集蘇浙閩粵海鮮的大成，而且尤有過之，他就以這些海鮮解饞了。除了海鮮，唐魯孫又尋覓各地的小吃。如四臣湯、碰舍龜、吉仔肉粽、米糕、虱目魚粥、美濃豬腳、臺東旭蝦等等，這些都是臺灣古早小吃，有些現在已經失傳。唐魯孫吃來津津有味，說來頭頭是道。他特別喜愛嘉義的魚翅肉羹與東港的蜂巢蝦仁。對於吃，唐魯孫兼容並蓄，而不獨沽一味。其實要吃，不僅要有好肚量，更要有遼闊的胸襟，不應有本土外來之殊，一視同仁。

唐魯孫寫中國飲食，雖然是饞人說饞，但饞人說饞有時也說出道理來。他說中國幅員廣寬，山川險阻，風土、人物、口味、氣候，有極大的不同，因各地供應飲膳材料不同，也有很大差異，形成不同區域都有自己獨特的口味，所謂南甜、北鹹、東辣、西酸，雖不盡然，但大致不離譜。他說中國菜的分類約可分為三大派系，就是山東、江蘇、廣東。按河流來說則是黃河、長江、珠江三大流域的菜系，這種中國菜的分類方法，基本上和我相似。我講中國歷史的發展與流變，即一城、一河、兩江。一城是長城，一河是黃河，兩江是長江與珠江。中國的歷史自上古與中古，近世與近代，漸漸由北向南過渡，中國飲食的發展與流變也寓其中。

唐魯孫寫饞人說饞，但最初其中還有載不動的鄉愁，但這種鄉愁經時間的沖刷，漸漸淡去。已把他鄉當故鄉，再沒有南北之分，本土與外來之別了。不過，他下筆卻非常謹慎。他說：「自重操筆墨生涯，自己規定一個原則，就是只談飲食遊樂，不及其他。以宦海浮沉了半個世紀，如果臧否時事人物惹些不必要的嚕嗦，豈不自找麻煩。」常言道：大隱隱於朝，小隱隱於市。唐魯孫卻隱於飲食之中，隨世間屈伸，雖然他自比饞人，卻是個樂天知命而又自足的人。

一九九九歲末寫於臺北糊塗齋

唐魯孫先生小傳

唐魯孫，本名葆森，魯孫是他的字。民國前三年九月十日生於北平。滿族鑲紅旗後裔，是清朝珍妃的姪孫。畢業於北平崇德中學、財政商業學校。擅長財稅行政及公司理財，曾任職於財稅機關，對於菸酒稅務稽徵管理有深刻認識。民國三十五年臺灣光復，隨岳父張柳丞先生來臺，任菸酒公賣局秘書。後歷任松山、嘉義、屏東等菸葉廠廠長。當年名噪一時的「雙喜」牌香煙，就是松山菸廠任內推出的。民國六十二年退休，計任公職四十餘年。

先生年輕時就隻身離家外出工作，遊遍全國各地，見多識廣，對民俗掌故知之甚詳，對北平傳統鄉土文化、風俗習慣及宮廷秘聞尤其瞭若指掌，被譽為民俗學家。再加上他出生貴胄之家，有機會出入宮廷，親歷皇家生活，習於品味家廚奇珍，又見多識廣，遍嘗各省獨特美味，對飲食有獨到的品味與見解。閒暇時往往對各家美食揣摩鑽研，改良創新，而有美食家之名。

先生公職退休之後，以其所見所聞進行雜文創作，六十五年起發表文章，民俗、美食成為其創作基調，內容豐富，引人入勝，斐然成章，自成一格。著作有《老古董》、《酸甜苦辣鹹》、《天下味》等十二部（皆為大地版）量多質精，允為一代雜文大家，而文中所傳達的精緻生活美學，更足以為後人典範。

民國七十二年，先生罹患尿毒症，晚年皆為此症所苦。民國七十四年，先生因病過世，享年七十七歲。

小引

自從民國六十三年退居，為了排遣有生之涯，興之所至，偶或寫點小品，以消永晝，日積月累居然成帙，先承景象出版社給出了《中國吃》、《南北看》兩本書，後來又承皇冠雜誌社給出了一本《天下味》。

我東塗西抹雖然沒有什麼步驟章法，可是取材卻有一項小小原則，就是既不平章國事，更不月旦時賢。國家大事經緯萬端，就算某一件事，偶或知道個一鱗半爪，自己不能肅括宏深，就發為皮相之談，不但無補時艱，而且徒亂人意。至於臧否時賢，要從多方面觀察體驗，更何況見仁見智，個人的觀感立場不同，如果任便月旦，往往失之於偏。所以閒中無俚寫點不成氣候的小品，多半是談點吃吃喝喝，古人說：「不誠無物」，任何事物都講究純真，自己舌頭品出來的滋味，再用自己的手寫出來，似乎比捕風捉影寫出來的東西來得真實扼要。因此以往印行的三本書都離不開吃、喝二字，我在親友中本來就是以饞人卓相的，這麼一來，有些位讀者、筆友覺得叫我饞人似乎有點礙難啟齒，於是賜以嘉名叫我「美食專家」，其實說白啦還不是饞人，這不過字面上好看，叫著順耳罷了。

想不到社會上對吃有興趣的同好還真不少，兩年來賜教的函件居然有數百封之多，不但使筆者獲益良深，而且交了若干聲氣相投的筆友，甚至有人打算跟我合資經營飯鋪餐廳，有人想拜在下為師，想學點煎炒烹炸、燒煨扒燴的手藝，更有趣的是有一位僑居美國的女士，曾來信說《中國吃》看開了頭，越看越捨不得放手，可是越看越饞，午夜東瞧西看實在沒有什麼可以解饞的吃食，最後，打開冰箱，還有牛肉漢堡，只好把牛肉漢堡放在電烤箱上烤，所謂捭豕燔羊，讓肉香洋溢，聊以解饞的趣事。我喜歡寫吃另外一個道理，是朋儕小聚，談來談去就談到吃上來了（也許饞人的朋友物以類聚都是饞人），由鄉味醰醰引發了念我故鄉的情懷，歸總一句，是大家異口同聲什麼時候能回大陸再嘗嘗家鄉味就心滿意足啦。（假如說果然因談吃而能心懷故土引起鄉思，進而激發重光國土雄心壯志，那麼這幾年來我的格子就算沒白爬啦。）

北洋時代的一頁「官場現形記」

每個人大半都是學校畢業，才走入社會或任職或就業，算是發軔伊始，首開其端，可是我卻不然，學校沒畢業就先當了一陣子公務員啦。

在民國十幾年北伐之前，關外王張作霖揮軍入關進駐平津、華北一帶悉在奉軍掌握之中，凡是有油水可撈的要津肥缺，就像狗搶骨頭似的，被一些軍政大員搶得一乾二淨。當時財政部轄下有個印刷局，衙門雖小，可是債券、鈔票、郵票、印花，甚至於官錢局出的銅子票、銀元模子，一古腦全歸財政部印刷局印製。只要機器一運轉，財源就滾滾而來，偌大一個肥缺，自然是你爭我奪、擾攘不休，最後終於在河水不肥外人田情形之下，由楊鄰葛（宇霆）、鄭鳴之（謙）攫奪到手。楊、鄭二人都是張大帥麾下一等一紅人，誰也不能降格以求來幹印刷局局長呀！於是找出當時名報人濮伯欣（一乘）來當印刷局的局長，於是不言而喻成了三一三十一的局面。

舍親中有一位跟楊鄰葛是同窗至好，另一位跟鄭鳴之是誼託姻婭，同時濮府跟舍間也素有往還。舍間因為先君早年見背，重堂在帷，丁口單薄，區區在束髮從師的年齡，逢到親友家有婚喪喜慶就要頂門立戶，在士大夫公卿之間言笑周旋、揖讓進退了。親友們都認為機會難得，願意盡力嘘植代為謀幹。彼時坐領乾薪的人多的是，雖然還沒戴上方帽子，能混個小差事藉此歷練歷練也是好的。

哪知濮局長一來接篆到任沒幾天，印刷局就有信差送派令來了。接到奉派為財政部印刷文書課文牘員的派令後，信差東拉西扯在門房裡久久不去，猛然間想起了平劇裡連升三級報錄的來了，一紙派令封了四塊大洋的喜錢，才把信差老爺高高興興打發走了。

既蒙委派，自當到差謝委如儀，並且選了一個黃道吉日，藍袍子、黑馬褂、冠帶整齊，逕去彰儀門裡白紙坊財政部印刷局報到謝委。印刷局瓊樓層疊，玉宇高聳，不但莊嚴肅穆，因為嚴防漏私，站崗的又是警察又是憲兵，令人望而生畏。

北洋時代的印刷局組織，跟後來也大不相同。局長之下分設兩廳，總務廳管行政，由顧伯笙主持。顧的尊人竹侯先生是淮安巨族，有名的古錢收藏家，乃弟就是孔庸之先生綜攬全國財經時倚為左右手的顧季高（翊群）。首次是由顧伯笙陪同晉見濮局長的，濮平淡夷簡，態度雍容，毫無一點兒官僚氣息，他知道我大學尚未卒業，告知不必每天到公，等大學畢業再到局效力，誠摯親切，儼然長者，讓我這初步踏進社會的毛頭小夥子異常感奮。後來再由總務廳派員引領到文書課拜見主管課長夏承棟（夏是當時財政部次長夏仁虎的公子，臺灣名報人何凡先生的令兄），副課長周維則山東人，言談粗俗，一派官腔，正副課長雖然對面而坐，可是兩桌之間豎立一座木製屏風，楚河漢界涇渭分明，既然尹邢避面，一望而知正副之間定非乳水。主任課員林昌壽高齡七十有八，趨前寒暄，大約看我年歲太輕，開口就問我多大年紀，只好直告今年十八。林老撚鬚大笑，說他今年七十八，彼此相去一甲子，龍頭鳳尾都出在文書課了。想不到頭一天到差，就讓人起了一個鳳尾的外號。

文書課辦公室共分三大間，充其量不過容納三十多位同仁辦公。可是聽說僅文牘員就有一百二十多位，料想都是坐以待幣（鈔票）的朋友，否則全部來局辦公，再有三間辦公室，恐怕也容納不下。我雖然經過局長關照，不必逐日上班，可是第一次做事就尸位素餐拿錢不辦事，總覺內愧不安，所以每逢週六下午沒課，總要到局裡簽個到，到課裡走走。如此每週到公一次，一晃過了四五個月，可是始終也沒領過薪水，跟一些老同事打聽，據說，這次改組有若干文牘員都是大帽子塞進來的，既然都不是早晚到公的，自然都列入乙類名冊啦（甲類名冊人員不欠薪，乙類則屬於欠薪人員）。我到課裡既未辦過公，據我猜想，天經地義是屬於欠薪一類列入乙冊了，同時年輕臉嫩，又怕碰釘子遭白眼，也就擱下不敢再問了。

又過了兩個月，會計處忽然送了一份通知給我，由文書課轉交，說年度即將結束，週一至週五攜帶印章到會計處領餉。敢情承濮局長關顧，我一到差批薪俸數額的時候，薪水雖然只有四十八塊銀元，可是另外還有七十二元伙食費。局裡向例，凡是有伙食的人員就算正式辦公的，就列入不欠薪甲類名冊了。會計處辦公時間是跟銀行同作息的，我是每週六下午上班，人家會計處週六下午不辦公，所以半年以來，跟會計處同事始終碰不到一塊兒。

半年薪俸、伙食算起來一共有七百多塊錢，處裡給我開了一張鹽業銀行即期支票，讓我到鹽業銀行櫃臺軋現。到了鹽業銀行櫃臺上管收付款的行員反而犯猶豫了，因為當時局長月薪不過二百八十元，我一下子就拿七百多塊錢。當時經理是岳乾齋，副理是韓頌閣，接談之下岳老有女待字未嫁，頗想跟舍下結為姻婭，後來知道我已訂親，才作罷論。否則因此或許能討個老婆回來呢！

印刷局有一個單位叫編譯室，舉凡向國外採購的印刷油墨、各式顏料、鈔票用紙、印刷機器，凡是英文文件，一律由編譯室譯呈局長核閱。這項工作一向由一位蕭子玉主任主持，蕭因接了天津法商學院的聘書，每週六要到天津去上課，我是每週六才到局上班的，照彼此工作時間來說，正好銜接，所以他就把我簽調到編譯室來辦公，替他因應一切。好在都是些例行公文，照貓畫虎的就可以交代過去了。

大概工作了三個月，忽然間政局丕變，奉軍勢力撤離華北，印刷局局長已經由某系軍方兵站總監朱春霖來接替了。照當時各衙門的情形，只要首長一有更動，除極少數的文書檔案事務的老班底仍舊上衙門辦公外，其餘人員一律回家待命，各鑽門路靜候加委令到，再去上班。別人都紛紛回家待命，我這每週只辦一天公的人，北平有句土話，自然是回家抱孩子啦。

過了三五天，林昌壽兄忽然來寓拜訪，一面道喜，一面抽出一紙派令，是新任朱局長調升我為倉儲課副課長。他明是送公文道喜，其實主要的是託我說項，打聽一下我跟新任的淵源。林老拿來這一封派令，我思來想去怎麼也捉摸不出我留任升官原因所在，可是既蒙噓植，只好先行謝委，看看情形再定行止。哪知那位朱局長別看人家是來自軍中，可是恂恂儒雅，要言不繁，只對我說了句：「知道弟台工作認真、守正不阿，以後還要多多借重。」就端茶送客了。雖然晤對數言，可是丈二和尚仍舊莫名其妙，好在學校正放暑假，就每天早晚趨公，正式上班辦事了。

林老因為平素老氣橫秋，不受文牘課歡迎，彼此忝有龍頭鳳尾之誼，只好簽調來課專任收發。印刷局日常印製的大面額的印花郵票，以往時有短少，所以工員下班，搜檢甚嚴，想不到這項檢查工作竟然落到我的頭上來了。印花郵票體積甚小，隨便塞在哪裡都不容易被發現，門口警衛室在工員下班時，雖有裸體搜身規定，可是日久生玩，赤身工員一晃而過。有一天我忽然想起清朝的庫丁偷銀子的往事，早先各地餉銀解京，全歸庫丁承應搬運銀兩入庫，庫丁出庫能夠每次私藏松江銀錠四兩出來。當年有一種流氓，專門吃倉訛庫，就是敲詐庫丁夾帶銀兩而加以分肥。現在如果把印花或郵票捲成小捲塞入穀道，豈不是比帶四兩松江銀錠更容易了嗎？想到此處，可能就是漏卮，第二天親自監督，重點抽查，頭一天就查出把印花郵票捲細塞入「後軍都督府」夾帶出局的仁兄，有二三十位之多。奇怪的是金額多寡不一，後來才知道印刷部門管制層層，哪種得手就偷哪種，並不能率性而為、小大由之也。過了三天之後，風聲所及，全域皆知，立刻弊絕風清，各項有價證券每天的結單回報四柱吻合，毫無短缺的情況了。

兩個月下來，局長大人很快就奉到部令嘉獎記功。暑假一過，學校開學，在下既不能天天曠課，職責所在又不能天天曠職，只好呈請辭職，還我初服，照常上學。到了舊曆年底，局長居然不棄葑菲，派人送了五十份印刷局精印故宮文物日曆到舍下來。想不到戎馬半生的武人能夠如此篤念舊誼，而我想不到未出校門初入仕途，就遇上這麼有人情味的長官，實在太難得了。事隔五十多年，偶然想起來當年長官高誼雋邁風度，讓我久久不能去懷。

紫禁城的小掌故拾零

養心殿和三希堂

上次寫紫禁城小掌故忘了談談養心殿了。養心殿原是明代的建築，雍正時候把這座殿大興土木加以修繕，抽柱換樑形同改建。養心殿在內廷地勢非常之好，內近永壽、翊坤、延禧、儲秀、長春、咸福、康華西區各宮。

每逢重大慶典，如慶賀元旦，皇帝登祚，帝后萬壽，頒發詔書，遣將出征，掄元大典，都要在太和殿（就是俗稱的金鑾殿）舉行隆重儀式。從養心殿出月華門或隆宗門都離太和殿不算太遠，所以雍正以後歷朝皇帝就常在這座殿堂裡召見大臣，引見官員，甚至於小型的慶典賜宴也在這裡舉行過。辛亥革命後御前會議清廷下遜位詔書，簽訂優待皇室條件，結束了中國幾千年君主制度就是在那裡舉行的。

養心殿有東、西暖閣，西暖閣是皇帝批閱奏摺的地方。牆上掛著當時全國各省四品以上文武官員出身銜名牌，為了避免侍從人等偷看，所以在名牌外面又加裝一道活動木板牆，平時加鎖遮蓋起來。乾隆對字畫碑帖是有特別愛好的，既然喜歡在養心殿辦公燕息，於是將王羲之的《快雪時晴帖》、王獻之的《中秋帖》、王珣的《伯遠帖》等稀世珍寶，都庋藏在西暖閣內室，這間內室命名為「三希堂」，著名的《三希堂法帖》就是因此而得名的。

據說乾隆愛梅有癖，當時在屋外栽植了不少異種梅花，起名叫「梅塢」。道光是清朝最簡樸無華的一位皇帝，即位之後不但把梅塢廢了，而且把屋內窗櫺隔扇上那些綈繡婉約的梅花雕飾一律拆除，更換其他式樣花。據傳說道光備位皇儲時期，有一段傷心戀史，與梅花有關，以致終生厭惡梅花，所以他的起居地方當然不要梅花式樣，以免觸景傷情了。說者如此，咱們就姑妄聽之吧。

養心殿東暖閣是皇帝齋戒時的寢宮。光緒幼年，慈禧就在西暖閣垂簾聽政。養心殿後殿，東邊「體順堂」，是帝后內廷裡臨時寢宮；西邊「燕喜堂」，是妃嬪們憩息處所。東、西兩殿雖然不屬於正式內宮，可是儀注起居，可以比照行宮一切從簡，所以有些皇帝都愛在此暫住。宮監們私下裡耳語，也管體順堂叫安樂窩呢！

永和宮的更鐘、廣鐘

永和宮所存的外國鐘錶，大部分是清朝乾隆、嘉慶輸入的英、法、瑞士產品。歷經二百多年，這些東西已成了稀世之珍，就連原產地也不一定能找到這樣技巧驚人的鐘錶了。永和宮東配殿有座更鐘，西配殿有座廣鐘，凡是到故宮參觀鐘錶的大眾，對這兩座鐘可能都沒十分注意，其實這兩座鐘才是咱們中國人的傑作呢。

東廂的更鐘，是一座一丈五尺高、由造辦處製造的巨型座鐘。這座鐘不用發條，要循著扶梯走上鐘樓，絞起幾個幾十斤重的鉛錘，鐘才走動。白天它用響亮的鐘聲打點報刻，夜晚它用悠長的聲音報更。最妙的是隨著鐘上標誌的變換，它能把任何季節的晝夜長短分得毫釐不爽。有些外國鐘錶專家看了之後，認為在那個時代有如此精算術理，也佩服得五體投地。這座兀立在東配殿，看著不十分顯眼的更鐘，誰又知道，有了它，才把幾千年來夜間更漏報時取消呢！

西配殿也有座高高的廣鐘，據說是廣東製造，由一位兩廣總督呈獻的，僅僅運費跟押運官弁、技工的盤纏就用了上萬兩銀子的開銷。這座廣鐘，除了標明時、刻、分、秒之外，在鐘面上還能指示出農曆的二十四個節氣，中國傳統的星宿的命名——二十八宿列星的變化，春、夏、秋、冬四個季節地球赤道斜度的不同，以及日期、月分、星期等等。鐘的頂上層是一座鏤鑿精細、鍍金框、四面鑲嵌厚水晶的亭子，亭子裡有一朵三變寶石花，交時交刻不但花朵能夠變化，而且底座有一套小機器，交時交刻會響起群籟競奏音樂和百鳥朝鳳的禽鳴。在兩百年前居然有那種複雜精確的技藝，難怪歐美人士到故宮參觀也都嘆為觀止。

光緒的瑾貴妃原來是住在咸福宮的，清廷遜位之後，宣統年幼，宮裡一切都由瑾貴妃主持，當時內務府大臣那桐、世續、紹英、奎俊一班人，認為永和宮是康熙年間重建的新宮，玉宇璇階，軒敞美備，改建後是座吉祥宮（**沒有帝后妃嬪在此宮身故**），所以力勸瑾貴妃遷宮。瑾貴妃在永和宮住了將近十年，在宣統出宮前不久，瑾貴妃就在永和宮裡病逝。梓棺寂居宸宮，一直未能覆土安葬，後來經過清室善後人員多方交涉，才把瑾貴妃靈櫬發引出宮附葬西陵。故宮開放之後，才把永和宮闢為鐘錶展覽室的。

造辦處

內務府的造辦處，就等於現在政府的工務部門，處裡是五行八作網羅靡遺。當年奎俊（樂峰）雖然是翰林院出身，可是他曾任內務府大臣。他接任之初，很想把內務府內部好好整頓一番，尤其是造辦處魚龍混雜，在乾隆時期各色人等有八九百人之多，就是到了同光時期還有五百之眾。玉器作（雕磨新舊玉器）、銅器作（銅器工藝、響銅、亮銅、仿古錫器）、牙子作（門窗桌椅花牙子）人手最多，約佔半數。最妙的是硯工、墨工也各有十名在處裡當差。

據說清宮裡有一個不成文的老規矩，就是阿哥們從開筆描紅摹字起，一直到幸承大統即皇帝位，都得用未經使用過的新硯臺研墨。每一位新主登基，內務府就得由造辦處製備大小二三十方端硯，專供新皇帝使用。也就是前一位皇帝使用過的硯臺，續承大統的嗣君，絕對不准使用，當然歷代相傳的古硯不在此限。硯石出在廣東的端州、安徽的歙縣。硯工的手藝自然也以端州、歙縣最為高明精細，可是造辦處的硯工，不斷製造新硯，修整古硯，見多識廣，所以造辦處製的硯臺，不但閎肆昳麗，而且淵懿秀逸。早年進京的試子如能得到一方，無不視同瑰寶，必定高中無疑。自從造辦處撤銷，這般老硯工不願南歸，大都流落到了琉璃廠各大筆莊，仍操鐫製修理生涯。筆者曾經看過陳石遺前輩得了幾塊端石，經過造辦處的硯工之手琢為端硯，雕雲九彩，螺眼呈斑，名手鐫裁確實不同凡響。

至於造辦處的墨工來源，談起來也是歷史悠久了。據傳，沅叔（增湘）丈在中國畫會演講談到古墨說，在魏晉時代寫字才發明墨丸，製墨工藝最早是河北易縣、定州製的墨最好，到了南唐，歙州李庭珪父子把製墨工藝集其大成，歙、徽、婺源製的墨統稱徽墨，其名乃彰。易縣、定州雖然是墨的發祥地，反而漸漸湮滅，沒人知道了。乾隆年間，有一次清理內庫文房，發現明朝遺留下來的碎爛古墨，都是些繽彩黝柔、不可多得的精品，乾隆認為棄之未免可惜，於是發交造辦處重新籌造。而造辦處素來沒有這類工匠，只好派專人南下徽州，重金招聘一批墨工高手，進京承應。結果製出的墨確實堂皇典雅，於是各鐫嘉名，不過墨工在邊框上各鐫有「再製」兩個極小的楷字以資識別。這種墨比清朝製墨品質都高，後來這些墨有一部分流散坊間，金拱北、周肇祥兩位畫家曾出重金收購，這批再製古墨落入他們兩位手中的，為數不少。所以這批墨工也就成為造辦處固定名額啦。

古月軒洪憲瓷

另外有一個古月軒，是專門製造小件精細瓷器的。乾隆對於古月軒非常重視，關於設計、材料、式樣、用料，皇帝時常親臨指點，弄得造辦處官員手足無措，一些工人時覲天顏，無形中古月軒變成乾隆自己指揮。乾隆年代古月軒的產品，就拿鼻煙壺來說吧，底足連一個沙眼都不容易找得出來，可見當初品質管制是多麼嚴格精細了。

袁項城妄冀非分，強謀帝制，改元洪憲。有清宮內監討好項城，告訴他古月軒有一批已領未用的寶石料子，項城席捲庫存，燒了一批洪憲瓷，溫潤縝密，光澤透明，中外藏瓷名家爭相搜求。其中精品比康熙、雍正名窯產品價值更高，料子考究，手工細膩，當然受人歡迎啦。

如意館

如意館成立之初也隸屬內務府，可是不列入造辦處，因為如意館有點像前朝的畫苑，承值的都是些能書善畫的詞臣學士，可是擅長描繪的畫工也不在少數。因為歷代皇帝尤其是乾隆時常臨幸召對，所以如意館等於皇帝自己指揮。

我們逛故宮各處宮殿，時常看見皇帝宸翰，后妃御筆，一筆的龍虎，工筆的福壽，前後窗戶總要掛幾方裱好木框灑金箋的春聯。繪畫方面以屏幅為多，不是大青綠的歲寒三友，就是工筆著色的四季花卉，奇怪的是山水人物則少而又少。乍看那些字畫，論字不管是哪位后妃寫的都是凝厚純正，端嚴委婉；看畫無一不是清新華貴，色彩柔麗。總認為妃耦宮闈果然文秀質雅，卓越天生。

其實字不論大小，體不分真草，全是如意館供奉把字寫好，由巧手工匠做成雙鉤粉漏，印在紙上的，寫字的人只要墨飽筆酣照粉漏一描，立刻就是一幅精品。至於繪畫比寫字還要簡單，整幅畫面布局著色，完成八九並且裱好，畫面僅僅留下一枝半葉沒有著色，再不然就是用藤黃點點花蕊，胭脂描描花瓣，就算大功告成，可以頒賜臣下了。

至於真有天亶聖明、才華並茂的皇帝或后妃，興之所至親筆法書繪畫，可以說少而又少，誰要能得到一幅，那就太難得，可認為是稀世之珍了。

當年每逢端午，有些王公大臣榮膺懋賞，頒賜御筆「恨福來遲」硃砂判兒，那是整幅畫兒早已畫好，留著判官雙睛未點，「恨福來遲」的蝙蝠未畫，硃砂筆兩點一勾，判官的雙睛靈光閃閃，蝙蝠神采飛揚。如意館在這幅畫兒，確實下過點工夫。民國二十年前後，一幅御筆硃砂判兒在古玩鋪碰巧還能買得到，可是至少也要十個銀元才能成交呢。

如意館留在外間字畫很多，抗戰勝利之後，北平東城一帶小古玩鋪還有慈禧、光緒御筆的龍虎字，不過價錢就高得嚇人了。

御藥房

清朝的御藥房原來隸屬太醫院，自入民國太醫院撤銷，御藥房只好併入內務府。御藥房組織原來非常龐大，擁有官員司工役一百七十多人，併到內務府後縮減到三十人。藥房主要工作除了煎煮湯頭水藥之外，並且配製各種丸散膏丹，還有夏令所需的各種暑藥，如臥龍丹、保健丹、平安散、避瘟散、通關散、八寶紫金錠、加料萬應錠之類，而其中的紫金錠、萬應錠更為名貴。紫金錠有雙魚、吉慶、八仙、福壽字、八卦、雙喜，花紋細緻，形態古雅，式樣繁多，暑天用絲繩串起來，給小孩掛在二襟上可以隨時取用應急。萬應錠南方叫金老鼠屎，主藥是古墨。

清宮藏墨甚多，所製萬應錠墨古老，金箔厚，當然藥效比起市面藥鋪賣的要高明多了。當年大柵欄京都同仁堂的萬應錠，粒大如綠豆，也摻有古墨，可惜外面裹的金箔太薄，花花斑斑極為難看。阜成門大街的琪卉堂的萬應錠也很有名，雖然金光繚繞，可惜墨質欠佳。御藥房製品顆粒大小的確像老鼠屎，外裹金箔特厚，古墨性涼，金箔化痰，南人北來每每託京裡人代為搜羅一兩瓶帶回珍藏，遇有小兒驚風抽搐，方敢服用。訛傳多服冷精，可能不孕。其實北平小孩視萬應錠為平安藥，稍覺上火就吞服十幾二十粒祛火剋食，也沒聽說誰家小孩吃多了萬應錠得了不孕後遺症的。

御藥房每年二月初二龍抬頭的日子，照例盤點庫存清掃一次，凡是殘損霉變的藥材，一律論斤賣給東華門的永安堂。永安堂知道每年御藥房掃出來的庫底，其中不乏珍貴異常的藥料，於是在每年藥王孫思邈誕辰四月二十八日前夕，把御藥房的庫底拿出一部分來熬成一大鍋膏藥，起名百效膏，百病全治。一大枚銅錢兩貼，天不亮就有人排隊等著啦。一出太陽就都賣光，要買只有明年今天請早光顧了。

江蘇揚州有一位大鹽商鬧無名腫毒，有人送了他幾貼百效膏，果然貼上之後其效如神，於是把百效膏看成萬寶仙丹。有一年筆者有揚鎮之行，特地託我買兩百塊錢的百效膏帶到揚州，準備跟夏天的暑湯、暑藥一同施捨。當年兩百塊錢的百效膏整整塞滿了一大皮箱，還是託人才能買那麼多貼。

車到鎮江後，準備換船過江，鎮江關的關務人員驗關，開箱一看，一整箱都是膏藥，他懷疑一個人買那麼多膏藥做什麼，可能其中夾雜有黑貨鴉片，堅持不能放行，後來還是揚州方面有人趕過江來關說解釋，才免於查扣。從此京都永安堂的百效膏在揚鎮算是出了名啦，每年都要大批買去施捨。一直到抗戰，大概御藥房的庫底也掏光啦，雖然永安堂仍然有百效膏賣，大家都說後來的百效膏藥效迥不如前了。

御膳房

御膳房雖然隸屬內務府管轄，其實也不過是負責總理採買、分配、添購器皿、工役的管理而已。至於每天菜式的調配，口味的鹹淡，因為掌宮首領太監三餐傳膳都隨侍在側，所謂天顏有喜近臣知，哪一位主子嗜辣惡甜，喜淡厭酸，他們都摸得一清二楚，內務府樂得少擔責任，久而久之，這些工作索性就由太監們操持安排啦。

御膳房有句金科玉律的話：「寧生勿爛，寧淡勿鹹。」依照宮中定制，每桌的碗盤件數都是按品級規定的。皇帝、太上皇、皇太后的菜品是一百零八樣，皇后是九十六樣，皇貴妃是六十四樣；至於妃嬪、皇子、格格們也有一定的樣數，由御膳房往各宮分送，誰也不能亂了規矩。

宮與宮之間最近的也在一里之外，御膳房廚灶總難免煙熏火燎，所以距離帝后進膳的地方也不會太近。就拿皇帝一百零八樣菜說吧，甭說吃，就是排齊了傳膳，熬燉煨燜還可以用水碗托住，要是溜爆炒炸一類菜式用水氣一薰，豈不是把菜全糟蹋了嗎？

別瞧不起御膳房，其中還真有高人。他們把菜做好之後，先盛在加釉的大碗裡，把碗蓋蓋嚴，一排一排的擺在飛起鐵簷有把手的厚鐵板上，上面再罩上一塊鐵板，等於是一隻鐵套盒，上下都有熊熊的炭火烤著。只要一聲傳膳，把所有菜肴擺在細瓷菜碗裡，一律加上銀蓋，有的菜還要下襯水碗，放在桌面上擺齊，抬著桌面往方桌上一套，一百多樣菜有五張方桌也盡夠擺的了。不過有些溜爆氽炒的菜還是要現做的，所以故宮陳列過乾隆、慈禧、宣統的菜單，吃火候的菜是少而又少就是這道理。

奶子房

據故都民俗專家金受申說：「奶子房由來甚久，滿清未進關之前就有奶子房啦，而且一直隨軍。最早的奶子房僅僅備牛羊奶茶、奶餑餑、奶餅兒幾樣東西。因為奶類吃食都是抗寒耐饑的營養食物，體積小又不佔地方，行軍作戰，懷裡藏幾塊奶餅，隨時可以充饑耐戰，所以奶子房是最初清兵行軍不可少的一個後勤補給單位。到了康熙年間，海晏河清，奶子房花樣增多，組織擴大，漸漸才演變成宮裡製作精細奶類點心的大本營了。」受申兄所說情形，經過息侯金梁的證實，滿洲檔案裡確有這些記載。

在宣統年間，各盟旗王子年節朝貢，貢品中還有奶餅一項。奶餅比一塊銀元略小，有三塊銀元厚，每盒十二枚，外用刷了黃檗水的粗木頭盒子裝著，酸中帶甜，並不覺得如何好吃，可是越嚼越香。吃了兩三枚奶餅，可以抵一頓飯，這跟第二次世界大戰的濃縮乾糧有同等功效。

奶子房最拿手的是果盒，真是金漿玉醴、無美不備。奶品中有奶捲、奶餑餑、奶烏他、乳酪、炸酥螺、小炸食，豆類有棗泥、核桃泥餡的豌豆黃、綠豆黃、黃豆捲、芸豆糕，此外各種蜜餞，各式冰糖蘸的堅果，那真是上方玉食，鵝黃襯紫，色香醉人。有些吃食是外間難得一見的，有些是外間雖有，可是比起奶子房製品精細可就沒有法子相比啦。

奶子房的果盒分全桌、半桌兩種，每盒十六樣，四盒叫全桌，兩盒稱半桌。上賞如果是果盒，就是半桌也比賞一桌燕菜席都實惠得多，因為樣樣都是平常不容易吃到的茶食。民國十九年，舍親李木公先生從上海來北平遊覽，當年他曾經隨侍他的尊大人李仲軒（經羲）進京陛見，吃過一次上賞的果盒，這次來到北平總想重溫舊夢，再吃一次全桌的果盒。

湊巧北海五龍亭開了一家仿膳，據說是御膳房、奶子房兩位御廚開的，他們以肉末燒餅跟栗子麵小窩頭來號召，小窩頭摻栗子粉並不稀奇，可是肉末燒餅，可以說全北京城沒有第二份。他家的吊爐燒餅，固然烙得鬆軟適度、不厚不薄，炒出來的肉末，不但淨瘦滑香，最難得的是，肉末夾在吊爐燒餅裡絕不滴油，盤子也毫無油底，就是這一手，就足以證明他是御膳房出來的廚師。跟他情商之後，終於以一桌燕菜價錢做了一桌全席的果盒，可惜其中少了一樣——奶烏他。因為奶烏他要用上好淮山藥，不巧當時淮山藥缺貨，算是美中不足。當年在座的有湘潭袁伯夔、義寧陳散原先生，都認為這一桌果盒是畢生所吃最精美的茶食了。散原先生並有一首五古紀事，不知後來收入他的詩集沒有？

茶庫和緞庫

那志良先生談到茶庫、緞庫，也引起筆者當年經歷的幾樁小故事。在故宮處分那些物資的時候，有些朋友喜歡喝紅茶、綠茶，於是就買些皇家茗茶去品嘗，殊不知紅茶、綠茶薰製後所含水分都比較高，經過多次自然發酵之後，霉變的結果，紅茶結塊，綠茶一碰就碎，而且霉味特重，根本不能泡茶飲用了。倒是大理普洱茶、雲南沱茶製成茶餅、茶磚，所含水分本來就低，再一壓緊，成磚成塊不透空氣，反而不會霉變。

今年春節文友在臺北小聚，莊嚴兄帶來一塊乾隆年間的茶磚，沏了一壺，讓大家品嘗，據說可治感冒。剛一進口，風韻未發，還覺不出好在何處，等喝第二杯就覺出芬芳微澀，就覺出精英上浮，意爽而甘了。筆者在故宮拍賣物資的時候，也曾經買過幾餅沱茶。等抗戰勝利，把雲南新製沱茶兩相比較，前者厚重柔煉，後者頭一口雖然清新甘冽，但是細細品嘗，就覺得有點煩濁下凝，不如前者悠然意遠啦。筆者不擅品茗，個人感覺如此，是否是貢品經過精細加工，市售沱茶製造比較粗放的緣故，就不敢妄自懸揣了。

當年緞庫清出來的綢緞、布匹久儲內庫密不通風，年深日久，就是頭號三十三大緞看起來光彩依然，可是質地已然糟朽，不能下剪子裁製衣物。北平前門大街泰昌綢緞莊大掌櫃的白品三到故宮拍賣處參觀，本是打算買茶膏的，因為茶膏賣完，他是綢緞行出身，於是信步到賣綢緞地方去看看。綢緞糟朽他一看便知，他當然不會去花錢上當，可是他發現有兩隻躺箱，放的都是五顏六色整卷的實地紗跟官紗。這種透明紗原來是夏天襯在袍褂裡穿的，現在誰還要透亮的紗呀！可是白品三別具慧眼，他把兩躺箱的紗全部買下來。

北平住家房子玻璃窗上層都是大窗戶，冬天糊上紙，只留小捲窗，一到夏天就把糊窗紙撕去，普通人家改糊綠色冷布，講究人家則糊珍珠羅。白品三覺得那些實地紗花樣款式都非常典雅大方，挑選天藍、淺藍、翠綠、墨綠、淺絳香色等比較暗淡一點的顏色，代替珍珠羅糊在窗戶上，既顯得別致秀逸，又有陰涼舒暢的感覺。

後來袁項城的長公子袁克定知道了，千方百計從白品三手上弄了幾卷去，糊在頤和園他住的畫中遊書室，這也是故宮出售物資的一段小掌故。至於故宮出售皮貨，因為手續草率，鬧得若干名流面紅耳赤，幾乎對簿公堂，我想這件事知者甚多，恕在下不再一一饒舌啦。

舞屑

第八期《時報週刊》上，老蓋仙夏元瑜兄寫了一篇情文並茂的北平交際舞今昔談，上溯到庚子年以前的往事，在下實在自慚孤陋，說什麼也描摹不出來的。只有把所知北京飯店雞零狗碎的事寫點出來，聊供喜愛跳舞的各位一粲。

東交民巷法國公使館最早有舞池

關於北平最早的跳舞場所，據先師閻蔭桐說，東交民巷的法國公使館最先有舞池（初稱公使館而不稱大使館）。閻師是同文館早期畢業生，該館的畢業生，畢業之後，都被分發到各有邦交的國家當實習領事。大家平素知道有所謂交際舞，可是誰也沒見過。為免出國露怯，所以帶他們到法國公使館見習一番，只見男女互擁，婆娑起舞，雖然覺得舞步曼妙多姿，可是沒有一人敢於大膽下池，跟彼美人兮臨餐起舞。同文館監督袁昶告訴同去學員說，這是北平唯一有交際舞的場所。

有人說太平紅樓是最早有跳舞的，其實真正設有小型舞池開始跳餐舞的是法國公使館！

北平餐廳帶旅館正式設有舞池的，要算北京飯店了。在當時飛閣崇樓，巍峨矗聳，四層樓的大廈，一般人看起來參天接雲，仰之彌高，太偉大了（因為在清朝，內城是不准建築高樓，恐怕高建築可以俯瞰內庭）。這塊地方有人說在前明時代是招待外國使臣和通商使節的會同館舊址，最初大家聽了還不十分相信，後來卻獲得了證實。

原因是這樣的：原來北京飯店臨街各層走廊裡，珠寶玉器、皮革、古董、手工藝術品，千行八作，各行各業凡是能外銷的產品，都在新紅樓（北平人管早期的北京飯店叫新紅樓，以別於太平紅樓）設個攤位，林林總總，擁擠不堪，同時進進出出的人品流龐雜，實在不像話了。當時北京飯店的大股東是中法實業銀行，於是創議把緊靠紅樓的一片土地買過來，加以擴建。施工的時候，在工地上挖出不少明朝碎瓷片，其中有一隻完整的瓷器是明成化窯的碧綠龍紋瓷碗，經過考古家的精心鑑定，證實此地實是明朝會同館舊址，並且正式列入《順天府志》。

一次空前盛大的舞會

北京飯店新廈落成，經理邵寶元忽發傻勁，異想天開，開了一次空前盛大的慶祝舞會，聽說發了五百份帖子。可是來的嘉賓比帖子要多出好幾倍，一時座交金織，裙屐如雲，花光酒氣，人影衣香；士則燕尾，女則袒肩。這一次舞會，各界名流、璇閨淑女，九城盡出，比起袁、黎兩次公府舞會只有過之而無不及。當時新建大舞池是使用拼花地板，具有彈性的翩翩曼舞，似醉疑仙。進餐所用杯叉刀匙，除了堂皇典麗兼具古雅高華，餐桌上每人有一隻剔金鏤銀的洗手水碗，有若干人士不知手邊水碗用途，拿起水碗就喝，以致後來傳出有人喝洗手水的笑話。

這次舞宴，每人贈送特殊設計絲製餐巾一條，有些仕女後來遇到乘坐敞篷汽車郊遊兜風，把餐巾當作頭巾，輕綃霧縠，束髻攏鬟，亂絲煥彩，一時成為風尚。

北平風氣在建築方面比較保守，當年除了「安利甘」、「西什庫」兩所教堂的神壇各有一面五彩玻璃浮雕外，北京飯店在舞池西面欄楯，石紋墨縷，用刻花的玻璃磚，拼成眾彩煥爛的精細浮雕。既不同於先鑄好鐵框，往裡鑲嵌彩磚的方法，更不像後來把圖案畫在玻璃紙上往上一黏了事，這種全憑靈性塑造出自我多變的意境山水人物，彷佛都在雲霧縹緲間，實在是迥異凡構的傑作。

舞倦興闌燈伉，拿一杯濃咖啡，停眸凝望，顏駿人（惠慶）先生認為有任何傷腦筋的問題，一杯在握，冥想注視，一面融合己意，自然而然一切難題迎刃而解。證之其他幾位外交界前輩，都有跟顏先生同樣的感想。

幾個例外的傳奇人物

北京飯店最初舉行舞會，對於男士服裝有極為嚴格的規定，必須著整齊的晚禮服才准進場。唯一例外的除了辜湯生（鴻銘）先生外，還有一位是江宇澄（朝宗），可是他們二位也有一個自我約束不成文的規定，就是在舞廳裡絕不卸去馬褂，以示莊重。至於後來班禪活佛幾位侍從堪布到北京飯店跳舞，不但黃袍馬褂，所有喇嘛應行佩帶的全份活計（包括荷包、解手刀等）也一件不少。最初大家都覺得他們服裝怪異，動作特別，久而久之也就安之若素了。

這班喇嘛雖然舞步呆笨，可是出手闊綽，時常從荷包裡掏出小金豆子來放賞，所以頗受一般侍者的歡迎，有些交際花草也樂於跟他們周旋共舞。當時交際花草有一句隱語是「拉駱駝沒有」，駱駝就是指那群喇嘛僧而言的，其他就不言而喻了。

數當年人物誰最風流

當年中央公園夕陽漫步、「真光」聽梅蘭芳唱平劇、北京飯店跳交際舞，三者都是高級紳商名門閨秀薈萃的場合。初期在北京飯店鋒頭最健者有睿王福晉、曹汝霖如夫人瑞卿、顧維鈞原配黃夫人、名票李秉安寵姬侯姑娘，繼之而起者有陳清文夫人朱三小姐，北京大學校花馬玨，崑曲名票俞珊，馮六、趙七兩位的如夫人青蛇、白蛇都在北京飯店有名一時。至於第三代後起之秀有朱六、蔡九、譚四、趙四、白玫瑰、蝴蝶姑娘等人。

隨著時光嬗遞，長江後浪推前浪，一代新人換舊人，一撥比一撥出色，靚妝刻飾，瓊花九色，態度雍容華貴不談，就是言談笑語中規中矩也能恰到好處，比起現代新潮派人物來，似乎是氣氛各殊了。也許筆者老邁，似乎覺得總有一些今不如昔之感。

第二次大戰方興，北京飯店產權從法國人轉移到日本人手裡，那些宋臺梁館、珠簾玉戶被日本不懂風雅的市儈，改成不東不西的料理雅座。每過此地，回想當年，內心總有一種說不出的惆悵感觸。

附錄：舞低楊柳樓頭月

——北平的交際舞興衰

夏元瑜

提起交際舞來，當然是洋玩藝。中國人最早參加過舞會的，是同治六年清廷派赴歐美各國去的欽差志剛（滿人），他參加過法國拿破崙三世的宮廷舞會。我們遙想當時，一位身穿滿清袍褂、垂著長辮的中國人坐在凡爾賽宮的大廳裡，周圍全是盛裝的法國男女。他的處境不易，很令人欽佩。以後，上海開為商埠，外國人來得日多，中國人和洋人的交往和友誼也日漸增加。所以上海對一切外國風俗都先受薰染，交際舞不過是其中之一端罷了。

庚子事變以後出現了最初形態的「舞廳」

《時報週刊》的編輯先生不知怎的忽發雅興，想起交際舞在中國的發展，要以此為題，叫我寫出一篇稿子來。我一想，這事非先從上海說起不可，別的大都市全步上海的後塵，最好請一位老上海來執筆。現在請到周先生——他在三十多年前出入上海舞廳足夠十年——寫得一定不錯。

上海的一切新風氣大概要在一年之後才能傳到北平，跳舞當然也得如此。大概在民國十八年以後，北平有舞女的舞廳才逐漸多起來，也很蓬勃過一時，到七七事變才完結。雖說是受上海的影響，但在另一方面卻也許在上海之先。就是庚子事變以後，由於《辛丑合約》規定，東交民巷（長二公里，在正陽門與其東的崇文門之間）成為使館區，德、英、俄、法、日、美均有駐軍。東城的崇文門大街、東單牌樓、東長安街及王府井大街一帶，為了適應日漸增多的外國人，逐漸的歐化起來。於是形成東西城的不同，西城較保守，而東城較為西化。最初出現了北京飯店，它是有大舞廳的，可能是跳舞的先河。現在我把它的沿革說一說。

北京酒館幾度春秋

在庚子事變（西元一九〇〇年）以前，北平已經有不少外國人了。在東城的船板胡同口，有一對法國夫婦開了一家小小的餐館，賣酒和零點的菜。他們雇了一位學徒，姓邵名寶元。餐館生意很好，又開闢了四個房間租給客人住。這就是北京酒館的創始。

後來又在附近的東單牌樓的小頭條胡同（庚子後拓寬為東長安街）租了一所大房，改為北京飯店。老夫婦年老多病返國，把生意頂給一位眇一目的義大利人——光緒三十三年也很得意，遷到原街較西一點的一所大住宅，把門窗全改成西式。第一次世界大戰時義人回國，讓給法人勞曼，在原址之東興建五層的紅磚大樓，有客房四五十間。那時在北平已算高得嚇人了。勞曼又轉給中法實業銀行——掌握百分之七十五的股權，大投資，在西隔壁開建六層的大樓，六樓有一部分是屋頂花園。法國來的藍圖，承包是法人包可蘇，他轉包給劉氏兄弟。磚頭是用北平之南的豐台馬家堡的空心紅磚，河北唐山出的水泥，鋼筋大概是舶來的。民國五年時地下室已建好。完成後，共有二百二十五間客房，這塊地皮的主權卻屬於一所義大利的天主堂。它的發財一則由於大批的外國觀光客;二則由於屢次內戰,大批的中國人避入洋人開的旅館以圖安全。

它在路北朝南,進了大門是一個大廳,向西走是一個大舞廳。當中是舞池——比地面高一公分——用長條地板拼成。這種地板下面有許多人字形的木架托住,人少時走在上面不覺得,人多了就略有彈性之感。

每週有兩次跳舞:週四下午四至六點有茶舞。白俄的名提琴家歐羅甫領著四人樂隊演奏,沒舞客時就奏古典音樂,所以跳華爾滋的時候居多——它四分之三拍,三步一併腳,節拍較慢,帶點兒古典的氣氛;週六從八點開始跳舞。太平不戒嚴時可以通宵。歐羅甫帶著十幾名俄人和菲律賓人演奏。男客必須穿上晚禮服,假若穿著淺色西裝或中國長衫,服務人員會很客氣的把他請出去。女客當然爭奇鬥豔不在話下了。

辜鴻銘也是常客

北京飯店的西餐是有名的,監廚是法國人。那位主廚是浙江舟山人姚寶生——

癩痢頭——是由一百多名報名的廚師中被各使館的人員品嘗之後選拔出來的，勝利之後他才退休。全餐合三元美金。最初在船板胡同時的邵寶元對於法文、英文能說、能寫，德文、義文能說不能寫，現在他做華人經理已經多年了。

西餐廳和舞廳是相連的，前者在南，後者在北，靠北牆有小戲臺。那時外國的大音樂家或歌唱家全在這臺上表演。如把桌子全移出去，可以排得下七百張椅子，地板是大條的拼花地板。觀光客來了，用餐時，表演中國的戲法——快手劉、快手盧等人；或是灤州的皮影戲，以及宮戲（傀儡戲）等中國老玩藝。試問現在所謂的觀光旅館又如何呢？別說服務人員絕不會給客人介紹女人，就算客人自己帶進去也辦不到。吃飯時男客要穿深色西裝、打黑領帶——存衣室裡有預備好的，請客帖子上也有註明。最初去這洋人飯店的中國客人是若干滿洲貴族青年，有一位腦後垂著白辮子的老者倒也是常客——他是牛津留學生辜鴻銘先生，大概也只有他老人家不穿西裝。

二次大戰，法國戰敗後，中法實業銀行把本行持有的百分之七十五的股權賣給了一位法籍日人律師和一位美籍日人水果商。跳舞取消，英、美人已成俘虜，中國人更沒了那跳舞的心情。大餐廳之旁添了幾間日本料理的雅座。勝利後，老經理邵寶元先生退休了，由他的兒子邵毓彬先生接替。產權歸了北平市政府，借給勵志社作第二招待所。

另一個洋人開的六國飯店在使館區內，地名叫作水門，也始於庚子前後。老闆英國人，華人經理天津李某。面積比北京飯店小，四樓，英式西餐。因為它在使館區內，所以軍閥內戰時失敗的軍人和政客全逃進去，中國軍警因有條約的關係不能進去抓他們。日本對英、美宣戰之後被日軍接收，改為貴賓招待所。抗戰時，舊軍閥張敬堯在那兒被志士刺殺。它沒有專門的舞廳，不過在餐廳內也有樂隊，客人在廳中央的餘隙中也可婆娑起舞。

第一輩的舞女和舞步

民國十七、八年時北平已有備有舞女的舞廳了。最早的一家在西長安街路北，有位教授的洋太太，曾在那兒與美國大兵伴舞。第一輩的舞女是于碧澄小姐。此後王府井大街的交通飯店（**前身是大陸飯店，後改為中原公司——百貨公司**）也開了舞廳。有名的「北平李小姐」就在那兒初次亮相。有一天開化裝舞會，她穿了歐洲古時的傘狀大裙子出場，真是儀態萬千。也有幾位名門閨秀下海的。相繼開了三星舞廳（**酒吧小白樓改的**），老闆義大利人，白俄老闆娘兼當舞女。中國舞女中有一位唐檳香，身材玉立，很是漂亮。這家和白宮、美琪，全在東長安街上，距北京飯店不遠。客人可以帶出場，和舞小姐上北京飯店去，那兒是要客人自帶舞伴、不預備舞女的高級場所。

北平的舞廳用舞票制，一元三張，跳一場用一張，有些舞廳沒有樂隊，用留聲機放音樂唱片，一場極快，只有三分鐘。有時去請那成排坐著的舞女，走得慢了，到她那兒音樂就停了，倒省了一張舞票。北京飯店的一場就長得多了。客人送舞票，誰也不好意思數著跳幾場送幾張，總得多送點，舞女全塞在高筒絲襪裡。在北平請舞小姐來坐檯子要花十元開一瓶香檳酒。酒雖不高明，可是噗的一聲大響，聲震全場，客人和舞小姐全顯得面子十足。那時通用的舞步是狐步、布魯斯、華爾滋。探戈是表演用的，很少出現，有位北大的魏教授夫婦很擅長。

幾位奇特的人物

舞女中有幾位奇特的人物。一位是天生的歪脖子，她的臉老像歪著頭看東西。一位較矮的，頭髮老是斜蓋著右眼，後來我才知道那一隻眼是凸出的，可是蓋著卻很美。還有一位天老（沒有色素的人，白髮、白皮）把頭髮染得紅紅的，舞技卻十分高明。這些原是燈下美人，白天如何，卻不足深究。

在有舞女的舞廳中，客人穿得很隨便。我記得有警局的一位區長（今分局長）穿著白襯衫，鼓著肚子，掛著把手槍。有些二十來歲的青年，頭髮梳得發亮，穿著腰身細窄的長衫，高高的領子，十分媚氣。最可笑的是民國二十年左右，西藏的班禪額爾德尼大國師——簡稱班禪喇嘛來到北平，有他的隨從官員（想必也是大喇嘛）穿著緞子袍和馬褂，也佛光普照的照到舞廳來了。地板滑，一走一跤，一跳一跤。後來，錢花得夠了，居然也練得不錯。這些喇嘛以普度眾生、現身說法為目的，不知他們度了幾許舞女。

北平基督教青年會裡有個組織叫狐狸社，專教交際舞。由蔭鐵閣先生主持——他父親是清末赴德學陸軍的蔭昌，是有名的軍事學家，娶了德國太太。

這些往事，回憶起來掛一漏萬，我記性遠不如唐魯孫，這篇稿子本當由他來寫，不過他的夫人身體違和，兩老情深，他無心動筆，只好由我來雜湊成文。也學學他的筆調，把一家店鋪的祖宗三代都找出來；不過東施效顰，自愧不如。

人力車與三輪車的滄桑

遠在六十多年前，北平就有人力車了。記得筆者齠齡時期，先叔每天到清史館辦公（設在天安門左側太廟裡），家裡雖然有玻璃篷的馬車，可是因為位卑職小，坐著馬車早晚趨公，怕人說招搖，於是包了一輛人力車上衙門。最初北平的人力車車輪子是鐵輪圈嵌上死膠皮，輪上別無什麼黃銅、白銅雕紋刻鏤、鑿續剔抉的漂亮飾件，頂多車的兩旁各掛一把撢塵用的紅綠綢子車撢子，就算很堂皇氣派了。

死膠皮拉起來滑動力差，跑長了當然不如後來打氣輪胎來得快，當時家舍下人等都管這輛古董式的人力車叫老牛破車，家裡人有點事上街寧可步碾兒（北平人用腿走路叫「步碾兒」），誰也不願圖省力坐這輛人力車。這下可好啦，這輛車除了先叔上下衙門，車伕在家裡算是全家大閒人一個了。

同是人力車，平津寧滬可是叫法名稱不同。北平叫洋車，天津叫膠皮，上海叫黃包車，南京人尾音多個「兒」字，叫黃包車兒。雖然寧滬僅「兒」字一字之差，可是寧滬土話有別，也顯得大不相同啦。後來人力車隨著時代進步，由死輪胎演變為內胎外胎。自從人力車改成打氣的輪胎後，平津兩地的人力車改進最快，除了車篷、車身、車把、車頭盡可能增添黃白銅電鍍飾件外，一般坐車闊少、名花自用包車踵事增華，車的左手邊裝上一隻跟當時汽車音響相同的大喇叭，右手邊再裝上一具四音的小風笛，腳踩一對雙腳鈴。拉車的更神氣，左右車把各安一具音響，隨時警告行人靠邊。車的兩邊，一邊是手鈴，一邊是皮喇叭，跟人賽起車來，風馳電掣，聲勢赫赫十分驚人。

後來北平花國名姬中，有一最愛炫奇誇異的小凌波，她把車上電石燈由兩盞增為四盞，車輛過處，恍如一條火龍。於是北平有幾個敗家子闊少爺，車扶手愣加上一對銅叉子，再插上一對小巧電石燈，一車六燈還能不亮嗎？車上沒得可刀尺（**北平話修飾的意思**），腦筋轉到拉車的身上，自用車伕換上淡青竹布鑲白色寬邊大雲頭的褲褂，或是深藍布鑲大紅邊的，有的人在扶手車蹬四角釘上一個布擋，顏色花樣就悉聽尊便了。記得當年斌慶社科班出身的小奎官又叫殷斌奎，他的車擋上繡有「殷斌奎」斗大黑絨楷書，真能讓行人老遠就側目避道啦。

天津自用人力車也跟北平的自用車相彷彿，同樣乾淨漂亮，可是一般拉散車的就不一樣了。一般散車車身寬而見方，好像與津滬人力車式樣大致相同。因為津滬都有租界地關係，車廂後頭都掛滿了不同租界的牌照，牌照齊全的可以越界而行，否則英國租界的牌照，越界到法國租界，就要受罰，只好到分界點，讓客人換車啦。

南京的人力車最可憐，因為地區遼闊，從大行宮到夫子廟，漫漫長途，吭哧吭哧要跑上好半天才能到達，連坐車的都有點於心不忍了。同時各街口又有垃圾馬車沿途兜攬客人——搶生意，所以南京的人力車算是最吃力的行當了。上海的自用人力車形式跟平津又不一樣了，車座子圓形，車把特短，車墊子有的裝彈簧，拉車的似乎受過特別訓練，跑起來故意顫動車把，坐車人好像被人搖煤球，非常難受。

筆者初次到上海，住在舍親李府，他們撥了一輛自用車給我外出代步。拉車的叫「阿四」，跑快了連顫帶晃，我在車裡非常不習慣，偷偷的問過阿四何必如此顫巍巍的搖動？據他說，上海紳商巨室、北里名花，所有自用包車都是這樣的拉法才夠氣派。請他免去抖顫後，他也覺得省力多了。

民國十六年，江蘇省省會鎮江代步工具新舊都有，有二人抬的轎子，也有人力車。從火車站到市內要經過的京畿嶺，是一個漫長的高坡，下坡時車伕兩手緊握車簸箕下面的兩隻車撐子，讓車的軸輪當中心支柱，車伕、乘客兩俱懸空，迅若奔馬，直衝而下，車伕雙腳就像蜻蜓點水，每隔三五丈遠才點地一下，以便減緩速度，調整方向。這種凌虛御風、懸泉飛瀑的滋味，一個控制不住，不是人仰馬翻，就是上不著天，下不著地，高打天秤。走過京畿嶺的人數也許不太多，可是抗戰時期，凡是初到重慶，經過朝天門坐過黃包車上坡下坡的人，總都嘗過那種驚濤駭浪的滋味吧！

抗戰之前，有一年夏天筆者到鄭州去，一下火車，站前整整齊齊排列有十多輛人力車，從車身到車把，上面都撐著一節挺乾淨的白布篷子，乘客車伕都在布蔭之下免受炎炎夏日晃眼灼膚之苦。這種辦法的確法良意善，可是別的地區過分保守，沒有依法仿製，太可惜了。

臺灣在光復初期，市面上仍然可以看得到巨輪、高腳、短把的人力車，這種車型跟在電影畫面裡所看到當年日本的東洋車一模一樣。老友莊主傳在接收當時，就坐這樣的人力車上下班。有一天我因事急於外出洽公，莊老一定要我坐他的人力車出去，在情不可卻的情形之下，只好一試。哪知車到地頭，因為車蹬子離地太高，下車時腳一踩地，把腳腕子重重的蹲了一下，害得我幾天走路都不方便，從此再也不敢坐這種中古式東洋車啦。

抗戰之前，名攝影家張之達兄在北平東安市場開了一家明明攝影社，正在生意鼎盛的時候，忽然心血來潮研究起製造三輪車來了。第一輛三輪車出廠，不但金鉤鰈帶、閃爍耀彩，就是飛輪剎車也都動定靈活，一定要我把這第一輛三輪車留下，給他宣傳。當時筆者住在西城，辦公地點在北城，早晚趨公，必須經過文津街的金鰲玉蝀橋。橋雖不算峭峻高聳，可是坡高淵邈，車身又重，登未及半，勁力已衰，車伕要下車推挽，才能安然過橋。在此情形之下，他只好拿回去重新研究改造了。

經過幾年的苦心精研，居然讓他研究成功，減低車身重量，踏車過橋。可是市面上，各式各樣的三輪車陸續大量出籠，有的車伕在前，有的車伕在後，因為這種車伕在後類型的三輪車很像昔年羽扇綸巾武鄉侯的四輪車，大家都管它叫孔明車。好處是前面沒有屏蔽擋頭，得瞧得看，跟車伕說話也方便，車伕汗流浹背，不至於汗水亂飛濺及乘客。壞處是如果發生車禍，乘客可是首當其衝。為著交通安全著想，這種車輛不久就首遭淘汰了。跟著又有人發明一種雙飛燕三輪車，乘客與蹬三輪者並排而坐，既不妨礙視線，又便與車伕交談；可是也有一椿缺點，就是重心偏左容易翻車，既欠安全，久而久之，也被淘汰。

臺灣的三輪車，在起初雖然算是新興事物，可是車座子跟東洋車一樣，依然是方形。另一件特別事物，在大陸不管是拉洋車，或是蹬三輪的，除非逼不得已才肯把車篷子支起，因為一支車篷子，蹬起來兜風太費力氣。臺灣可好，不論晴雨，那張又破又髒的車篷永遠是支起來不放下來，而且用寬橡皮帶綁得死死的，想放下來都辦不到，一定讓他放下車篷，他們還挺不高興呢！

現在臺北、臺中、高雄等幾個大城市的三輪車，早幾年就經政府全部收購輔導就業，分別改行，三輪車在市面上已經全部絕跡了。現在只有東部南部幾個縣市仍有少數三輪車在大街小巷行駛，這些縣市的計程車大半是不用碼錶，不計程收費，一上車就是三十元，若是路遠就聽憑計程車司機說多少算多少了。因此外來旅客不明究竟，時常吵到派出所解決糾紛，給警察人員增加了無限麻煩。所以每次只要地方政府一聲明要取締三輪車，蹬三輪的固然是命脈所繫誓死力爭，就是一般市民內心也未見得全都贊成這種舉措。因為不計程收費的計程車一時沒有辦法讓它改善，一上車就是三十元，比三輪車貴了一倍，當然擁護三輪車暫緩取締，照常行駛啦。

其實說真格的，有些縣市鄉鎮路面夠寬，車輛不多，只要把三輪車上的電動馬達取締拆除以策安全，減少噪音，就成啦。主要的是先把計程汽車整理得能夠遵照政府規定計程收費，然後禁絕三輪車也還不遲呀！又何必急驚風似的先取締三輪車呢。

前年筆者到港、泰觀光，泰京曼谷車輛擁擠情形比臺北還要嚴重，除了耀華力路、石龍路一帶有一種機器三輪車（可坐三、四人）短程行駛外，人力三輪車一輛也看不見了。可是到了曼谷以外的各縣市遊覽，各地十字路口一輛一輛的人力三輪車，總是三五成群等候乘客，每輛車上的飾件都是電鍍銅活燦爛悅目，既乾淨又漂亮。問問當地住民，他們也認為三輪車行駛短程，價廉方便，現在正在節約能源，短期內泰國政府大概暫時是不會加以取締的。

到香港觀光，在香港九龍碼頭，看到違別久矣的黃包車，跟當年上海的黃包車大致相同，不過車身的油漆比較鮮豔點而已。港九的黃包車乘客，多半是外地來的各國碧眼黃髮旅客，好奇開洋葷而乘坐，外來的中國人看見久違的黃包車，似乎都投以迷惘親切的眼光。

現在臺灣人力車固然絕跡，於今就是三輪車也被人目為落伍的交通工具，接近全部淘汰的邊緣。料想再過十年八年後，下一代要看稀稀海兒的人力車，只有到港九去開開眼界了。六七十年光景，人力車、三輪車全都由輝煌燦爛而歸於淘汰消失，回想起來，如何不令人有滄桑之感呀！

故都白塔寺雜摭

北平城裡有兩座白塔，一大一小，小白塔在北海的瓊華島上，大白塔在阜成門大街妙應寺裡。這兩座喇嘛塔，玻璃珂雪，插雲對豎，可以說雲蒸霞蔚，氣象萬千。瓊華島春陰的小白塔有金章宗御製《小白塔紀事》，說明此塔是仿照妙應寺的大白塔建造，挖池疊石而成。由此可證大白塔興建在先，小白塔敕造於後了。

中國古代農業社會，商賈貨物定期輻輳最早叫「務」，後來演變結果，南方叫「趁墟」，北方叫「趕集」。北平因為是歷代皇都，既不叫墟，又不叫集，因為都在寺廟前交易，於是稱之曰廟會。從若干年前，北平的廟會就規定每月逢三土地廟，逢四花兒市，五、六白塔寺，七、八護國寺，九、十隆福寺，這些都是定期的廟會。至於正月初一到落燈的遊廠甸、火神廟，正月初二財神廟借元寶，正月初八白雲觀順星會神仙，三月初三蟠桃宮給王母娘娘祝壽，八月初三皂王廟給皂王奶奶慶生辰等等，那些一年一度的廟會更是數不勝數。

白塔寺原來叫妙應寺，因為廟裡有座巍峨莊嚴的白塔，大家都叫它白塔寺，叫來叫去，妙應寺的本名反而其名不彰。外省人到北平要是跟人打聽妙應寺在哪兒，十之八九都問不出所以然來的；如果問白塔寺，那就無人不知，無人不曉了。寺在阜成門大街路北，阜成門跟西直門都屬於內城，也是北京城西方的鎖鑰。阜成門又叫平則門，故都父老叫白啦，愣叫它平賊門，說是當年吳三桂請清兵，趕走闖王李自成，闖王抱頭鼠竄出的就是阜成門。阜成門裡路南有個胡同叫追賊胡同，胡同裡還有一座小廟供的是金甲韋陀，據說韋陀曾經顯過聖，是從這個胡同把闖王追走的，所以這個胡同才改叫追賊胡同。人家說得有鼻子有眼，咱們也只好姑且聽之吧！

據廟裡喇嘛說：「當初北海小白塔係仿妙應寺的大白塔建造，那時候因為瓊華島地勢比較狹窄，塔座子底盤、塔的高度、尺寸只好縮減了四分之一，所以後來一個叫白塔，一個叫小白塔。」兩座塔的格局乍看一模一樣，實在不容易分出大小來，可是細看就大小有別了。

有一年已故的章嘉活佛在白塔寺主持護國佑民息災降福法會，到了七七四十九天，功德圓滿那一天，舉行一次善男信女念佛轉塔大典。白塔平素塔門深扃，等閒難得登眺遐觀，這種機會難得，筆者也隨眾登臨瞻禮。剛一走近塔座之前，尚未登臨，猛古丁子（「驟然間」的意思）抬頭仰望，崇墉屹屹，白雪皚皚，玉峰矗豎，崔巍擎天，一想塔底就是海眼傳說，令人立刻產生一種鬱鬱森森的感覺。一進塔門，雖在盛暑，自然冷意襲人，暑氣頓消。塔裡第一層佛殿，高堂邃宇，傑閣四聳，正中錦雲圓拱，供奉著諸天菩薩聖容，丹漆卤簿，彩繪幢幡，供桌上鋪錦列繡，眾彩煥爛，海螺羯鼓，飣盤油檠。還有若干叫不出名堂的供品、法器，佛前氤氳裊裊，檀藿藏香，匯成一種蓊勃異味，簡直滑息難舒。

門旁並有善眾勸告前來隨喜的少婦們，最好就在塔外焚香，不要進內瞻拜，即或入內亦不可在佛前久站，因為懷孕婦女聞藏香（又名降香）太多太久，容易墮胎。白塔寶頂之下，有一銅胎七寶華蓋，重簷之下玉箔玎璫，瓔珞懸珠，平時隱隱約約，看不真切，要登臨轉塔，才能一覽無遺。令人奇怪的是，這樣金碧輝煌的塔盤裡，懸掛著一隻盛石灰麻刀的木盤（當年沒發明水泥之前，砌牆用青白石灰摻和麻絲以求堅固）和泥瓦匠用的工具瓦刀一把。

當時覺得不倫不類、非常奇怪，下塔之後，有一位老北平講了一段神話才明白塔上刀盤的由來。他說：「北京城裡老早就傳說，白塔底下是一座海眼，白塔就是為鎮壓海眼才砌的，如果塔一崩坍，就水淹北京啦。有一年，有人忽然發現白塔的塔肚子裂了很大的一條縫，如果白塔一塌，北京城豈不真的淪為海底了嗎？大家都憂心如焚，踧踖難安。可是白著急誰也想不出好主意來，因為塔身太大，沒有法子把它箍起來。不久，白塔寺一帶來了一位面貌猥瑣的鋸碗匠，可是他大言不慚，整天吆喝著要鋸大傢伙。誰家有破碎的鍋盤碗盞拿出來讓他或鋸或補，他總回說他是鋸大傢伙的，小東西不鋸。一位婦人一生氣說：『既然你不鋸盆碗，專鋸大傢伙，那麼白塔裂了個大縫子，你去鋸吧！』誰想夜晚真就有人聽見鋸碗兒的弓子嗖嗖亂響，第二天大家抬頭一看，果然白塔塔身裂大口子的地方，居然用一道大鐵箍給箍上了，而且鐵箍還用石灰給抹上，要是猛然一看，還看不出加了一道鐵箍呢！據說那是魯班爺顯聖，因為趕了一夜的活累了，灰盤兒、瓦刀一忙忘了拿下來，就掛在塔盤底下啦。」這種離奇神話，各地所在多有，人家姑妄言之，咱們也就不必較汁兒了（**北平土話「認真」的意思**）。

北平廟期雖然不少是固定的，可是要說整齊，還得屬隆福寺、護國寺、白塔寺三處，因為這些擺攤子的生意人，不但這三處每個會期必到，而且每個攤位無形之中彷彿固定不移。你逛隆福寺想買刮頭篦子或者別頭髮用的骨頭簪子，如果覺著大小尺寸不合意，你可以跟他約好，等下期廟會，或是別的廟會，讓他給你預備好帶來準保沒錯。

各廟攤子的擺法位置也大致相同，譬如說一進山門都是賣山貨的，二門門道兩邊就全是賣玩具的了，再不就是假珠假寶的各樣首飾攤。賣兩把頭戴的大門花，或是鬢邊的絨花、絹花以及賣剪花樣的，一律都是靠牆根兒。因為他們的貨色既怕風吹又要防日晒，只有靠牆根兒搭個布棚才安全保險呢。至於吃食攤、雜耍場子，那是一般市民吃喝玩樂的去處，跟真正上廟會買東西的人混不到一塊兒。廟裡最後一進院裡寬敞豁亮，得吃得瞧，就成了這班人的固定地盤了。

雖然說各廟會賣的貨色都差不了許多，可是也有個別另樣的。例如有些喇嘛攤專賣瑪瑙松石念珠手串，白銀鑲嵌的首飾，嘴上說是西藏來的，其實都是尼泊爾的產品。護國寺因為附近花廠子林立，愛花有癖的，都喜歡到護國寺遛達遛達，尋找點兒奇花異草，或買一、兩盆盆景玩玩。

白塔寺的喇嘛平素不太熱衷承應佛事，可是頗有陶朱遺風，對做買賣都有兩手。他們攤子上擺滿了手工做的木盤、木碗，咱們當碗用，可是藏胞自己是用木碗當燈盞的。其實他們主要生意是賣藏香、藏紅花、藏青果、當門子一類東西。藏香是以西藏出產的苦楸木為主要原料製成的，這種香是棕褐色，有五尺長，比拇指還粗，黃紙加封，用紅絨繩跟細麻稈紮好，論枝來賣，不然香太長，一擠一碰就斷了。在西藏這是佛前專用極品供香，北平各王公府邸的影堂（小祠堂）到了除夕，每幅喜容或放大影像之前都要點上一枝，以示慎終追遠、禮儀隆重。就是燒剩下的藏香頭，也算稀罕物兒，遇到孕婦臨盆生產不順利，把藏香在孕婦面前點上，不一會兒瓜熟蒂落、如響斯應，準保生個胖娃娃。老一輩的人都這樣說，是否真的那麼靈驗，可就不得而知了。

藏香雖然也是香，可是北平香蠟鋪沒得賣，只有雍和宮、白塔寺兩處有藏香賣。雍和宮僻處東北城角，誰又專程跑趟雍和宮跟喇嘛們打交道呢？所以白塔寺賣藏香無形中變成獨門生意了。喇嘛們所賣的藏紅花、藏青果、麝香，全說是西藏特產，從西藏來的倒是不假，其實十之八九，都是從產地不丹、尼泊爾運到西藏，再轉運到北平的。喇嘛們最看重麝香，假如你說買麝香，他們會很神秘的領你到他們住處，拿出大盒小盒來，跟你大蓋特蓋，勸你既買麝香，又要買「當門子」。麝香來自雄鹿身上，雄鹿有個陰囊，分泌一種香液，作用是求偶期引誘雌鹿的，在麝囊迎門口的一撮叫當門子，藥效最高。麝香假的特多，一不小心就碰上假貨。據有經驗的人說，凡是在外面油紙刻著一個「杜」字的，喇嘛們保證是真品，如假包換，所說固然難以百分之百相信，不過你到同仁堂、鶴年堂大點的藥鋪買當門子，有「杜」字戳記的要比沒「杜」字戳記的貴三成，那倒是實情。喇嘛攤賣的藏青果雖然也堅如木石，可是顆粒有葡萄乾大小，比藥鋪賣的體積大逾一倍還多，吃到嘴裡也是甘澀微苦，味道大致相同，就不知道功效是不是一樣啦。這些東西只有白塔寺有幾個攤子上賣，其他各廟間或也有，可是就不多見啦。白塔寺裡除了喇嘛的住處，兩廡不開鍋夥（大夥兒出錢，單身漢共同做吃食賣的小本生意人），不租閒雜人等，只租茶館、棋社，所以兩廊的情形，比隆福寺、護國寺稍微整齊乾淨一點。

白塔寺買賣人裡有兩位特殊人物倒是在國際上出過鋒頭。一個是捏江米人兒的叫玉子，一個是做棕人的海爺，兩人都住在宮門口，每逢五、六都在白塔寺擺攤，別處廟會他們就很少趁熱鬧了。玉子尊姓大名差不離的人都不知道，他參加巴拿馬賽會得到優等獎狀，上頭寫著「得獎人玉子良」，由此大家才知道他叫玉子良。他得獎作品是《天女散花》。有一張得獎的著色照片（當時還沒有發明彩色照片）他視同瑰寶，不輕易給人看，筆者是做成他一筆好交易才看見過一次。照片上如來佛寶相莊嚴坐在蓮臺上說法，金翅大鵬在靄靄祥雲中展翼呵護，文殊、普賢各坐青獅白象，十八羅漢怒目低眉姿趣各異。散花天女錦衣珠履，顧盼煒然，素絹垂香，輕裾縹緲。侍兒花奴手持花籃，也是明珠金翠，妙舞無倫。整齣戲裝在一隻七八寸古色古香素錦糊的玻璃盒子裡，布局用色固然穠縟壯美，就是遠近離合也能恰到好處，甚至於人物的眉目衣紋、神情姿態也都刻畫入微，宛然有致。筆者所見只是照片，如果是實物，當然更是栩栩逼真了。無怪當年評審結果給他的評語大意說：「巧心妙手，是手工藝品中的偉大傑作。」他捏的江米人的特色是，不論擺多久，不龜裂、不變形，而且不褪色、不發霉。據他自己說：「我這個畫面是脫胎於梅蘭芳《天女散花》，天女的服飾甚至於眉眼神情都跟梅老闆彷彿，這份展覽品有的地方改了又改，捏了再捏，費了三個月時間才完成的。現在上了幾歲年紀，這麼細緻的活兒，自己眼力、指力都欠靈活，也捏不出隨心滿意的活兒來啦。」筆者曾經拿余叔岩在《洗浮山》飾賀天保的一張劇照，頭戴羅帽，身穿黑箭衣，背插雙刀，手拿馬鞭，一個趟馬姿勢請他照樣捏，他捏了三天才完工，果然捏得仔細傳神，就連身段、臉上神情都捏得唯妙唯肖，簡直絕了。筆者在文玩閣子裡擺了兩三年，都絲毫沒走樣。後來被余迷票友何友三看見，連要帶奪的拿去了。

海爺就更是怪人了，就連他左鄰右舍也不知道尊姓大名，只知道海爺，大家所能了解的是，他是平劇票友，常在阜成門外關廂一個戲園子裡票戲，後來忽然塌中（嗓子唱不出亮音來，梨園行稱之為「塌中」），一字不出，他一灰心，就做起棕人兒來消遣。他把泥人兒完全戲劇化，鎧甲旗靠，冠冕相貂，綺袖丹裳，璫簪絺繡，每個人物都能做得精細逼真。就是淨丑的臉譜、揮戈持戟十八般兵器也做得一絲不苟。他把每個人物袍服錦裾之下，都用小棍和硬豬鬃環繞黏固，把一個個金玉其外、膠泥其中的細巧綾人，放在銅茶盤裡，用稻稭稈兒敲打茶盤邊緣，棕尾人受了震動迴旋遊走，不時發生異常的動態，非常有趣。海爺的玩藝，雖然沒有參加過國際展覽，可是抗戰之前，鐵道部舉行過一次鐵路展覽（簡稱「鐵展」），海爺的攤子擺在西廂的走廊，被一位義大利籍專門研究各國民俗舞蹈的學者發現，罄其當時所有成品，運回義大利，在一處博物館展覽，讓大家欣賞，並且還拿到法國展覽過一次。世交江振青在巴黎大學攻研美術，看了之後寫信來託我買了十幾齣戲的棕人寄去，敢情當時巴黎人都認為家裡擺幾個小棕人，算是最時髦的陳列品呢。

平則門教堂一位神父說：「我們教堂跟宣武門裡安利甘大教堂都是明朝興建的，李自成攻陷北京，在金鑾殿倒坐門檻兒十八天，當了幾天土皇帝，是從巡捕廳胡同經過平則門一帶敗走的。殘兵敗將哪還免得了燒殺擄掠，白塔寺一帶遭劫最重，受災最慘，教堂聖壇破壞不算，而且燒光。白塔寺靠近後塔院，一層大殿幾乎夷為平地，坍陷樑柱都是上品的金絲楠木，兵荒馬亂，人心惶惶，每人自顧不暇，那些木料，凡是好的全被亂民盜走變賣，就連聖壇裡長祭臺、奉獻祭器的條案，都是在變亂弭平之後，花了高價才從附近老百姓家買回來的呢。到現在，祭壇有一篇勒石記載得非常詳細，還嵌在牆上當紀念。」咱因為不諳義、法文字，所以始終想去瞧瞧而沒去成。

白塔寺後面宮門口，東廊下、西廊下一帶，六七十間一所的大房子，還有帶花園子的很有幾處，像宣統業師梁節厂、伊犁將軍後裔恩澤臣住的，都是四進宅子外帶小花園。最奇怪的是那些宅子正房都特別高闊軒敞，東西兩廂的配房似乎矮小了好多，兩者頗不相稱。後來跟老一輩兒人談起，才知道東西廂下有幾所大宅子，正房樑柱就是白塔寺拆下來的樑柱蓋起來的。尺寸雖然嫌大，可是木料好，捨不得破開，就著原材料蓋好，因此兩廂群房的尺寸就顯著不合格啦。好像兩條胳膊比原來部位低下了兩三寸，非常地不受看。

宋明軒主持冀察政務委員會時代，有三個歌女方紅寶、郭小霞、姚俊英，被稱為華北三豔，非常走紅。姚河南人，是唱河南墜子的，鬢髮如雲，辮子長可委地，天生一對瞇瞇眼，頗能風靡一時。抗戰前，她在西廊下買了一所四合房，她嫌門樓太高，打算拆了重蓋，哪知拆下木料一看，從門樓到過道、簷牙、椽桷，全是上好金絲楠木。她把好木料賣了，添了少數幾個錢，在宣外大馬神廟又賺出一棟小四合房來。照此旁證，明末清初李自成兵敗平則門，火燒白塔寺是不假了。這些老古董的事，現在知道的人大概已經不太多啦，把它寫點兒出來，大家以後逛白塔寺的時候，可以作個印證吧！

也談護國寺

白鐵錚兄在他新出版的《老北平的故古典兒》大作裡寫了一篇憶護國寺，鐵錚兄自稱生於西城，長於西城，讀書、教書都在西城，所以能把護國寺土坯殿前兩個有名古蹟，「機靈鬼兒」、「透龍碑兒」說得全鬚全尾，令人茅塞頓開，好像又逛了一趟護國寺。筆者從小也是在北平西城生長的，讀了這篇文章，童年逛護國寺的陳穀子爛芝麻的舊事，又都一一湧上心頭。

護國寺原名「崇國寺」，是元朝丞相托克托的故宅，燕王棣建都北平，這位皇帝老倌對於前朝故丞相托克托的文章、道德極為推崇仰慕，於是降了一道聖旨，把丞相府改為托克托宗祠，用資紀念，並且飭令五城兵馬司妥為保護。不幸天順年間一把大火，把個托克托的故居燒得土崩瓦解，片瓦無存。一直到成化七年，追念先賢才又鳩工重建，改名「大隆善護國寺」，這一改建就完全改成寺廟式樣啦。改建之後，一進山門，東西有鐘鼓二樓，第一層殿是哼哈二將，第二層殿是四大金剛，第三層俗稱土坯殿，就是當年托克托丞相燕息的正房。當時因為甕牖繩樞都是壯麗光整，為了要保持原樣，既未抽樑換柱，只是堊牆粉壁丹雘彩繪一番，所以這座土坯殿屢經風雨侵蝕，反而比前面幾層殿坍塌得更厲害。據說這座殿裡在同光年間還有托克托丞相夫婦塑像，後來因為拳匪之亂，大師兄們在殿裡設壇，門窗戶壁損壞更甚，到筆者懂得逛廟的時候，除了樑架徑石外，已別無蹤跡可尋了。

先師閻蔭桐先生是窮畢生精力研究元史的。有人說護國寺對門有一家貞記照相館，保存有托克托丞相夫婦塑像照片，筆者特地陪著先師去了一趟貞記照相館。貞記照相館老掌櫃的是位慈祥和藹的長者，立刻讓櫃上夥計翻箱倒篋找出一份八寸底片，等印出來一看，才知道是畫像而非塑像，不過照片旁邊有一段短跋說，是明朝萬曆塑像未毀之前一位浙西畫師王應麟照塑像原型畫成的。這張照片是同治年間一位有心人把畫像再照下來，他們保存到現在的。當年因為定影技術有欠精湛，所以照片印出來之後，有一部分已經模糊泛黃了。在尋找這張照片的時候，讓我發現了一大批梨園老伶工們稀有的劇照，敢情貞記照相館當年跟梨園行的名角們都有交往，要照相都在貞記，所以他家存了不少北平各大名伶戲裝、便裝照片。想不到此行居然有這樣一宗意外收穫，真令人喜出望外。

其中我認為最珍貴的是汪桂芬的《取成都》，孫菊仙的《七星燈》，小馬五的《紡棉花》，田桂鳳的《也是齋》，劉趕三的《探親家騎真驢》，余玉琴、王楞仙的《十三妹》，金秀山的《忠孝全》，譚鑫培、羅百歲的《天雷報》，劉鴻昇的《斬黃袍》，楊小樓的《豔陽樓》，還有跟楊小朵的《畫春園》，跟錢金福的《青石山》，路三寶的《馬思遠》。當時照片不講究由小放大，全是八寸、十二寸玻璃板底片，我當時每種都洗了兩張保存起來。後來張古愚在上海辦一份雜誌叫《戲劇旬刊》，不但圖文並茂，而且篇篇談戲文章都是極有份量的，我把這批照片都送給古愚兄陸續在《戲劇旬刊》發表。後來古愚兄託我把貞記的戲照罄其所有各印兩份，可惜那時老掌櫃已經去世，改由少掌櫃的當家，誠如鐵錚兄所說，盡忙著給人照做媒、相親照片，無暇及此，所以有負古愚兄重託，一直沒能交卷，真是抱歉之至。

護國寺門外，靠著高牆的邊，擺滿了石榴、海棠、桃、杏、丁香等有色有香的一類花木。遊客從花叢裡走過，會叫人芬香避穢，目不暇給。江東才子楊雲史有一首竹枝詞：「崇國寺畔最繁華，不數琳琅翡翠家。唯愛人工賣春色，生香不斷四時花。」這是當年護國寺花市的真實寫照。護國寺附近有幾家花廠子把式們培養出來的花樹，隨型趨式巧奪天工，實在叫人喜愛。花廠子一共四家，是「奇卉」、「蓮記」、「蕙芳」、「遠香」，他們每家在豐台都有十畝八畝不等的花圃暖房，在護國寺的也不過等於門市部，擺點應時當令的鮮花盆景，作個宣傳而已。「奇卉」、「遠香」因為在護國寺附近佔地較多，屋宇寬敞，又有暖房溫室，所以還代客存花。北平有些大戶人家，自己家裡沒有溫室，又沒雇用花把式，家裡如果有比較名貴而又怕凍的花木，像香櫞、佛手、茉莉、白蘭、梔子、珠蘭等等，一過重陽都可以委託花廠子挑去，放在他們的花洞子裡保養過冬。如果家裡有紅梅、白梅、臘梅一類香花，是準備過年在佛前供養、祠堂上供用的，可以事先告訴花廠子，到除夕前兩天給您送來，準保在新年是花開富貴、燦爛盈枝。

這幾家花廠子跟舍間都有多少年的交往，所以花廠子的名字，雖然事隔二三十年，還能說得出他們的字號來。

護國寺後殿西北角是喇嘛院，院裡住的都是喇嘛。護國寺的喇嘛可以跟漢人通婚，所以裡頭住的喇嘛都漸漸漢化，有的小喇嘛不但不會念喇嘛經，簡直連蒙藏話都不會說啦。

塔院盡頭有兩間小磚房，裡頭住著一位老喇嘛，大家都叫他瘋喇嘛。一般喇嘛向來不忌葷腥，大吃牛、羊肉，可是瘋喇嘛，卻吃淨素而且過午不食。整天四處雲遊，雙扉倒鎖。當年戴季陶、湯住心、屈映光幾位護法在杭州舉辦護國息災時輪金剛法會，會後約同章嘉活佛一同回到北平，章嘉到處託人找一位甘珠爾嘉達烏蘇喇嘛，敢情就是那位瘋喇嘛。據章嘉說：嘉達烏蘇是黃教中現代精研《楞伽經》唯心唯識論，獲得真諦的一位聖哲，所以要請他回藏說法，於是把他安置在西湖飯店。湯住心的公子佩煌兄彼時剛從燕大畢業，他聽章嘉的侍從們說瘋喇嘛會請神拘鬼，他年輕好奇，跟瘋喇嘛廝混熟了，天天膩著瘋喇嘛露個一兩手給他瞧瞧。瘋喇嘛被磨煩得沒了辦法，有一天拿了一碗涼水，也沒畫符念咒，用涼水在地上灑了一個大圈圈，把黃表紙三張點燃，往圈裡一扔，熊熊的火球滾到水圈邊上，順著水圈滾了一圈才化成紙灰。他說紙灰裡就有兩個鬼拘在水圈裡轉，鬼魂無辜，他要誦經一百遍超度往生。這件事是佩煌兄親自所睹，親口所述，料想不是騙人的。不過究竟是什麼緣故，就讓人猜不透啦。

護國寺街還住著一位北平的名人叫郭崽子的，他在護國寺西口路北開了一家冥衣鋪，主要業務是給死人做成衣糊燒活，同時夏天給人糊紗窗，也給人糊頂棚、四白落地的壁紙，所以又叫裱糊店。郭崽子的裱糊店叫什麼字號，恕我記性不好，一時想不起來了，反正一提郭崑子，西半城的住戶大概沒有不知道的。人剛死，他家糊的倒頭車轎，細巧綾人，金山銀山，伴宿開弔的樓庫，出殯孝子用的喪盆紙幡，死後五七姑奶奶燒的重簷帶座的繡傘，六十天燒的船橋，他都能比別家糊得精巧細緻。尤其死者生前所需用的一切衣物家具，只要您說得出東西名稱樣兒來，或是把真東西看過，就能給主顧糊得出來，而且絕對逼真。

記得先祖母去世，家裡讓郭崑子糊了一隻紫檀的香妃榻，上頭鋪著白夏布的厚墊子，因為尺寸大，就放在經棚底下走廊上啦。有位舍親從南方趕來弔祭，上香行禮後，看見走廊上有隻香妃榻，正好坐下歇歇腿，哪知往下一坐，人摔了個屁股墩，香妃榻自然也垮啦。這固然是棚裡頭光線差點，看不太清楚，也足證郭崑子糊的燒活，真是到了唯妙唯肖的地步了。

抗戰勝利後，郭崑子雖然去世，可是他冥衣鋪還開著。侯榕生女士曾經以美國人身分回北平探過親，據說護國寺一帶大拆大改，蓋了一座演樣板戲的劇院，甭說郭崑子的冥衣鋪，就是佔地頗廣的貞記照相館、幾家花廠子也都成了斷井殘垣，瞻弔無從。往日熙熙攘攘的風光，只有在睡夢裡尋找一些歷史陳跡，將來跟孩子們說起機靈鬼、透龍碑一類故事，那就更是「白頭宮女說天寶遺事」啦。

奇廟雍和宮

北平安定門大街東邊，北新橋北面，有座雄偉壯麗的喇嘛廟，那就是雍和宮。這座著名的大廟，最初是前清雍正皇帝胤禎未即帝位前，皇四子時期的潛邸（清制皇子的府邸，俟即皇帝位後改稱潛邸）。雍正御極之後，將潛邸一半改為黃教喇嘛的上院，一半改為行宮。據宮裡太監傳說，早先大小壽安宮、麗景軒各有一條地道直通皇四子潛邸。雍正三年，行宮部分有刺客潛入縱火，全部焚毀，這才全部劃歸喇嘛僧掌管，改稱雍和宮，同時把直通宮禁的地道阻塞填平了。

雍和宮最初既是皇子府邸，未來王者之居，自然是秦宮別殿，玉宇璇階，一切建築迥異尋常。自從全部改為喇嘛教寺院之後，雍和宮在河北省各縣擁有數不清的田產房屋，而且只收房租、地租，不納錢糧。喇嘛們食用富足，把用不完的錢拿來大興土木，力求宮室富麗華美，兩百年來，幾經修繕，雕樑畫棟，黃瓦紅牆，金鋩照耀。比起皇城裡冷宮長巷蔓草迷離、蒼梧雲冷、荒涼的情形，真令人有說不出的感慨。

雍和宮因為是喇嘛廟，殿苑樓閣明堂邃宇，不像僧道寺觀按層分進、飛閣崇樓，都是迂迴錯落，別具匠心的。宮中最著名的有祖師殿、額木齊殿、永佑殿、綏成殿、法輪殿、鬼神殿、雅木得克樓、萬福閣等處。每座殿裡差不多供滿了大小佛像，十之八九都是金質的。另外就是蒙古沙金鏤鑄的千奇百怪的十三層寶塔，最大有高逾尋丈的，最小有的高不逾寸的。每座都是累璧重珠，霞光流碧，每層寶塔各有玉果璇珠，更有高僧舍利，每天都有喇嘛繞塔誦經，花香供養。

萬福閣又名萬佛樓，據說在乾隆年間，雲南蒙自有一富紳畢大符，在江心坡得到一株二三十丈長巨大檀香木，誠心誠意要呈獻皇家，於是不憚跋涉，水旱兼程，從雲南運來北平。御前獻寶時，龍顏大悅，把這段巨大檀香木運到雍和宮，徵召雕塑佛像有名的良工巧匠，盡其可能就檀香木尺寸，雕刻一座立式巨佛。那尊佛像塑成之後，莊嚴高聳，儼然出塵；據說佛的肚臍跟安定門的城垛子一般高，耳朵眼兒裡可容兩人下棋，腳背上兩人並肩躺臥，還是寬寬綽綽的。總而言之，這塊檀香木，有多麼大就不難想像了。

這尊巨佛體積既然特大，當然是先把地基打好，隨即安座。這座萬福閣是先豎起佛座，後蓋佛閣，所以佛頂上的簷牙、椽桷、藻井頂跟佛身高度是配合得恰到好處的。巨佛金身不是一般佛像綴以金箔（俗名貼金），而是鏤金堊彩，瓛冕明瑺。尤其佛頂一顆明珠，光芒曄煜，寶相莊嚴，手上一方絲綢方巾（喇嘛稱之為哈達）均是出自內廷金縢絺綃，外間是不容易看得見的。

綏成殿佛座正中，懸有一張白色素緞傘蓋，上面畫滿了歷代活佛符咒，喇嘛們都認為這是具有無上金剛法力降魔至寶。傘下供奉三頭六臂佛母，更是密宗九天尊神的主宰。

雅木得克殿有一犬面怪佛，腰懸人頭骷髏，足踏妖女，形狀極為凶惡。這尊怪佛是拒抗七情六慾，名叫「廣大普化天尊」面惡心善的聖哲。

鬼神殿又叫特參殿，裡面供的大大小小歡喜佛，都是人身獸面、千奇百怪的男女佛像，赤裸裸的，一絲不掛。殿裡燈光暗淡，引領參觀的蘇拉喇嘛，點燃起一根蠟燭，瞻拜的香客們才能仔細觀賞一番。臨走時少不得讓您請一兩尊小歡喜佛回家，說是福自天申；如果您對歡喜佛不感興趣，那帶領隨喜的賞賜，自然要多叨光幾文了。因為特參殿所供的佛像都是別的寺院所看不到的魑魅魍魎，每個人都有一種好奇心理，既逛雍和宮，總要到特參殿看個究竟，因此凡是喇嘛和蘇拉輪到特參殿值年，比中頭彩還來得高興呢！

清朝有一項特例，當皇帝有災病的時候，時常到雍和宮去焚香頂禮，然後選定某一喇嘛給皇帝做替身。一經指定，這位喇嘛立刻身價百倍，晉升為大喇嘛，不但從此終身安富尊榮，而權勢排場更是無與倫比。雍和宮的喇嘛跟其他喇嘛廟的喇嘛身分不同，等於是個官職，他們也按職司大小按月發給口糧和俸米呢！這種官派喇嘛，可比一般喇嘛神氣多啦。

雍和宮除了一般法事之外，每年還有兩次宗教特殊儀式：其一，農曆正月二十九到二月初一舉行「打鬼」；其二，農曆十二月初七「燒線亭子」。

打鬼的儀式分三天進行：第一天叫「演鬼」，第二天叫「打鬼」，第三天叫「轉寺」。在這三天裡，以第三天最為重要。據喇嘛們說，我們人世間常有妖魔鬼怪荼毒生靈，「演鬼」、「打鬼」便是為了降魔除鬼而舉行的。那三天拂曉星月將沉，就在殿上唪經念咒了，並且事先指定兩個身強力壯的喇嘛，一扮黑鬼一扮白鬼，另外有若干喇嘛都戴上獠面獒牙的頭套，在黑白二鬼後面唬嘯狷奔的追趕，而一些高級喇嘛大聲誦經念咒。有的則用黃教獨有的駝鼓銅號，在隊伍裡一路吹吹打打，跛躓跳踉，這種舞蹈叫跳札布。所有各處宮殿都要環繞一周，這就是所謂「轉寺」，最後把黑白兩鬼打倒，這時裝扮黑白兩鬼的喇嘛立刻把面具鬼裝脫除，用兩個油酥灰麵做的人像作替身，然後用刀把麵人砍得稀爛。他們認為這樣的做法，可以保佑一年之內大吉大利。北平有個習俗，規矩老根底人家，多半不准去看雍和宮打鬼，因為降魔驅鬼，神鬼互相追逐的時候，讓他們撞上一下，整年都不順遂，要是懷孕的婦女碰上，不是鬼胎，就是流產。所以真正的老北平沒看過雍和宮打鬼，一點兒也不算奇怪。

「燒線亭子」是在農曆十二月初七舉行，用稭秸做個架子，把絲線綵綢紮成一個涼亭模樣，另外紙糊細巧綾人兩個，一是鬚髮蒼白的老人，一是綠鬢新裁的少年，都架在一個大水盆上。由喇嘛圍著念經轉咒，然後把亭子和紙人一齊用火焚化。聽雍和宮的老喇嘛們說：「老人是岳武穆，少年是他兒子岳雲，亭子是風波亭，那天正是他們父子蒙難歸天的忌日。岳氏父子忠肝義膽，誓復河山的凌雲壯志是大家所欽仰的，所以給他們誦經、祈禱福國佑民。」此外，法輪殿四壁繪有一套利支天菩薩道場的名畫，跟泰京「越坡寺」（俗名臥佛寺）本堂描繪佛祖一生事蹟，也就是佛學上的《本生經》以及兩廊排列三百幾十尊形態各異的釋迦牟尼佛像，被研究佛典學者視為稀世三大瑰寶。不過一般遊客觀光隨喜，若不是內行嚮導加以說明，大都過眼雲煙，一瞥而過啦。

在鬼神殿的殿前，陳列著兩隻全身黑毛的大熊，軀幹偉岸，長有一丈三、四尺，是不經見的一對巨熊。據說是乾隆皇帝在長白山行圍，親自獵獲的戰利品，臣下們為彰天威神武，製成標本陳列殿廡。雖然其勢虎虎，可是比起現在標本大師夏元瑜教授一手絕活，那可差得太遠啦。不過在當時能做成標本，還不知費盡多少人心血呢。

北平鐘樓的故事

北平從地安門往北，有兩座飛簷重脊、鴟甍丹楹、崔巍磔豎的高大建築物，就是鐘樓和鼓樓。

鐘樓最初是距今五百多年明永樂年間築成的。後來被迅雷閃電擊中失火，化為灰燼，一直到清乾隆十二年又重建的。

鼓樓的歷史比鐘樓更久遠，是元朝至元九年興建的，元人稱它為「齊政樓」。每月朔望，商販雲集，百戲雜陳，跟後來東、西兩廟（**隆福寺、護國寺**）大家趕集一樣熱鬧。明朝永樂皇帝對於上元鬧花燈特別有興趣，後來指定鼓樓一帶為元宵鬧花燈的集散地，把鼓樓雉門礎壁又重新丹堊彩繪一番，索性把這條通衢大道也改稱鼓樓大街。一直到民國三十五年，鼓樓大街依然是北城最熱鬧的地方。

現在時代進步，大家看鐘鼓樓已經不合時用，純粹是擺樣子的兩座裝飾性建築了。其實古代沒有鐘錶，宮廷裡有日晷、月晷、銅壺、滴漏校正時刻，一般老百姓就全靠鐘樓、鼓樓擊鼓撞鐘來對時了。筆者幼年時節，午夜夢迴，漏盡更移的時候，還聽到過淵淵鐘鼓，彷彿還是前此不久的事情，但是仔細一算，已經是一甲子的事了。聽說清朝光緒年間還有人專司其事，逢更必報，到了宣統時期，才把報更也免了，只在時交子正、午正擊鼓撞鐘兩次而已。撞鐘擊鼓，鼓是配合鐘聲的，每次撞鐘五十四下，傳說是「緊十八，慢十八，不緊不慢又十八」，晝夜加起來是一百零八響。夜靜更闌的時候，鐘聲及遠，可達四十里。

到了民國初年，午夜鐘聲雖然照撞不誤，可是每天日正當中就改成鳴放午炮啦，一聲巨響以便全城的人對時。

在鼓樓後鐘樓前的空場上，一直放著一口形態古拙、綠鏽斑駁的大鐘，據說是元朝的遺物，鐘樓上掛的那座大銅鐘，是後來明或清朝所鑄用來報時的了。這口銅鐘高達三米五六，比兩個人還高，有八寸多厚，吊在一座龍頭蟠木的架子上。一般鐘聲都是發出「噹——噹——」的音響，可是北平鐘樓這座大鐘發出的尾聲是「要鞋——要鞋——」。關於這口大鐘，北平還有一段動人的傳說。據說很久很久以前，某一朝皇帝要鑄一口大鐘，結果第一次鐘沒鑄成，於是把所有鑄鐘高手匯集起來合鑄，接二連三的都失敗了。北平城裡城外鑄鐘的幾乎沒人敢承應這一樁鑄鐘工作，皇帝只好降旨徵召妙手良工。後來有一位老銅匠應徵承鑄，經過若干天，用盡了一切方法，鐘還是鑄不成，眼看限期一到，這種徵召工作如果不能克期完成，輕則充軍，重則砍頭。老銅匠只父女二人，相依為命，於是回家跟女兒訣別。父女二人在悲痛難過之下，這個姑娘一定要跟父親到現場去看看鑄鐘的情形，老銅匠萬般無奈，便把女兒帶到熔化爐旁邊觀望。誰知就在最後一爐銅汁將近熔成的時候，女兒忽然縱身一躍，跳進洪爐，等她父親起身搶救，已經來不及了，僅僅抓住了她的一隻鞋。女兒投爐自焚之後，那一爐銅汁倒進模子裡居然鑄成了一座宏達遐邇的巨鐘。巨鐘鑄成之後，自然是龍顏大悅，不但老銅匠免了殺身之禍，而且協助工作的一千工匠也都得到厚賞。可是每當敲鐘的時候，老銅匠便想他以身殉鐘的愛女，對愛女的幻象跟鐘聲合成一種奇特的響聲「鞋——」。老銅匠跟同事談起鐘的聲音，大家也都清晰的聽出鐘聲是「鞋」，再輾轉傳到上九城的居民耳中又變成「要鞋」。直到如今，凡是老北平都知道這段故事。

北平潑街的故事

「潑街」這個名詞，似乎已經有好幾十年沒有人提過了，就是在北平生長，現在四十來歲的中年人，十之八九也不知道這個行當。所謂潑街，是怎樣的潑法呢？民國肇建之初，就拿前門大街五牌樓一帶來說吧，正中間是行車走馬的永路（就是現在的快車道），要比兩旁的行人道高出一兩丈。永路雖然高，可也是一層一層沙礫泥土鋪上去的。北平天氣乾旱，雨澤稀少，可是逢到雨季，霪雨連綿，也能沒完，下上個十天半個月不停。因此有人形容北平的馬路：「晴天三尺土，有雨一街泥。」話雖近謔，可也是實情。

聽老一輩的人說，最初北平潑街的大半都是堆子兵改行來當的。清朝末年每條街上都有一座小官廳，凡是軍隊過境、官兵放哨、警衛巡邏都在小官廳歇腿喝水，侍候官廳的，即所謂堆子兵。筆者小時候還記得東單、西四還有小官廳的殘跡呢。

潑街的雖然熟能生巧，一勺子水潑出，水又細密又均勻，可是經過馬路的時候，潑街的一不留神，難保不有一星半點水珠濺在行人的鞋襪上。不管有理沒理，總得喜笑顏開給人家賠不是，要是沒點兒涵養，整天跟人上閣子（**當年警察派出所叫閣子**）去評理，那就甭幹活兒啦。

清道夫因為也算行伍出身，所以發工資也叫關餉，上手關一個半，下手只能關一個。唯有中山公園潑街的清道夫，是公園董事會自己出錢雇用，上手關兩個半，下手關兩個，不但待遇好，活兒更輕鬆。可是有一層，公園的清道夫得管地上鋪黃土，用轆軸壓馬路，所以中山公園裡馬路始終不鋪柏油。因為當初公園董事會的董事長是由內務總長朱啟鈐擔任，他認為太陽晒在柏油路上不容易散熱，而且烤得慌。如果用黃土墊平，日落西山之前，水潑得均勻適度，您穿著千層底黑緞鞋在公園前後遛達一圈，準保神清氣爽不說，連緞子鞋也沾不上什麼土星兒。

可是您要是逛街走累了，東四、西單尚有比較完整殘留的小官廳還沒拆除，遇上狂風陣雨，仍可以到礎壁將近傾圮的小官廳聊避風雨，抽根煙捲呢。後來京師警察廳成立，街道環境衛生的整理劃歸警察廳內外區署，這般無可歸屬的堆子兵就劃歸區署擔任潑街工作，美其名叫清道夫啦。夏天挑水潑街，冬天鏟雪、掃雪，外帶打掃街道，在路燈沒改電燈還用油燈的時候，每天點燈添油也算清道夫的工作之一。

清道夫主要工作是潑街，兩人一組，一隻兩人合力才拎得動的雙耳大木桶，一把藤條編的長把大木勺，工作分上下手，當然持勺潑水的上手工錢掙得多點兒。潑水也要講技巧，既要潑得遠，更要潑得勻，人家潑二十桶水，把這條街潑得又濕又勻稱，如果生手來潑，挑了二十五桶還是東一灘西一塊的，那辛苦還不是自己白饒上。當年在大街上走的斯文人多半是白襪皂鞋，在茶座上一落坐，就得要鞋撢子撢塵土，否則滿鞋幫都是土，那有多難受。

據說當年慈禧皇太后每到盛夏，必定是玉輦清遊，移駕頤和園，美其名曰歇伏，一直要到金風薦爽，秋蟬曳緒，才能起駕還宮。這一來一去，都要由內務府派工黃土墊道、淨水潑街，必須做到土不揚塵的程度。因為扈從接駕的動戚貴藩太多，要是靴帽袍褂上盡是灰塵，御前失儀，辦這檔子差事的人，那可就吃不了兜著走啦，所以這檔差事一定要侍候得妥當仔細。雖然聽人這麼說，當年黃土墊道、淨水潑街如何如何，咱可沒趕上過。

民國十二年雖然清社已屋，可是光緒的瑾貴妃，曾經輦輿鹵簿歸寧省親一次，那時是由神武門禁衛軍擔任淨街工作。從北上門經過景山東大街，一直到中老胡同，都是平淨無塵，算起來那是筆者所看北平街道最整潔的一次了。

談潑街的清道夫，不由得又想起一樁名伶梅蘭芳跟清道夫的趣事。梅蘭芳當年住在南城蘆草園還沒搬到無量大人胡同住的時候，梅的祖母病故，在家停靈期間，天天念經放焰口。梅跟警察界的吉世安、延少白兩位署長交情都不錯，梅家每天車馬盈門，還有不少顯要前來弔祭，於是警方就派了幾名保安隊員、幾名清道夫坐鎮彈壓，清掃街道。

北平富有人家辦喪事，承辦酒席的飯館子都有中桌招待一些雜役人等，派來擔任清掃的清道夫，當然是天天有酒有肉，大吃大喝。有位仁兄大概酒喝得沉了點，忽然異想天開地說，梅老闆穿上戲裝就如同天上仙女一樣，下了裝也是細皮白肉像個大姑娘，咱們各位誰有膽量過去，摟著梅老闆要個乖乖（**北平市井之徒管接吻叫要乖乖**），我送他一塊大頭。結果清道夫中有位二百五的老不羞，一聽有一塊大洋可拿，立刻答應下來，欣然願往。等到梅的祖母半宿開弔，僧道喇嘛倖經送聖燒樓庫，梅老闆以承重孫資格麻衣麻冠、于思滿面，正在大街跪在孝墊子上低頭靜聽僧道宣聖，忽然從人堆裡竄出一人摟著梅氏狂吻幾下又鑽進人群。正好趕上偵緝隊長馬玉林帶隊巡邏，一望有人從人堆裡慌慌張張出來撒腿就跑，心知必有緣故，趕上去一腿，就把這人撂在當地。等到問明實際情形，馬隊長可為難了，這件事非搶非盜，一個苦哈哈，罰鍰他沒錢，關起來他倒有不花錢的窩窩頭啃啦。

想來想去，罰這個老不羞從宣外大街到菜市口這條大街，每天潑街一次，為期十天。這個老不羞雖然賺到了一塊大洋，可是這十天的苦累，細算起來，實在有點樂不敵苦。當年偵緝隊整人，輕重緩急分寸拿得恰到好處，謔而不虐，真叫人不能不佩服呢。事隔幾十年，「潑街」已成歷史名詞，現在寫點出來或者讓五十歲以上的人引發點思古的幽情吧。

財神爺瑣談

財神頌

財神手捧金元寶，世人見了都想要。
舊歲已隨除夕去，春回大地在明朝；
剪下此圖牆上貼，明天先見好預兆。
元寶本是黃金做，價值更比鈔票高；
沒它固然難度日，有它太多也不消。
巧取豪奪枉費心，畫餅成空法難逃；
不如節儉多積蓄，快樂平安定到老。

記得小時候臘月二十三日祭完灶，第二天就把過年諸天菩薩、全份神禡到香蠟鋪請回來了，請神禡一定要在祭灶之後，灶王爺上天奏事之後再請，否則尚未動身述職就把他接回來，豈非笑話。請全份神禡除了諸天菩薩之外，還有協天大帝、增福財神、東廚司令、眼光娘娘、送子張仙、二十八宿諸位神祇。所謂當值的財神老爺，早在臘月二十四之後除夕之前就來到人間了。

據老一輩的人說，年根底下事情忙，早點把神禡請回來保險，萬一把這個碴兒忘了，到了除夕天擦黑，就有頑童挨家挨戶吆喝送財神爺來了。反正一般人的心理，財是多多益善，多請一份財神爺也不過破費幾文小錢。如果不打算搭理他，就喊一聲有啦，那些小搗蛋也就不囉唆了；要沒請財神爺愣說有了，那算欺騙神祇，這一年就甭打算財源滾滾萬事如意啦。

從前三教九流、每一個階層人士都供財神，所以各式各樣的財神無不悉備，多數人家供的是玄冠朱服緇帶素韠，手捧元寶如意，神采燦然，好像利市天官的一位財神。也有人把協天伏魔大帝關老爺當財神供奉的。更有人把文武財神分列並祀的，據說文財神是紂王的諍臣比干丞相，武財神是黑虎玄壇趙公明。剖腹挖心的比干丞相是要與趙公明文武並祀的，一位無心，一位失明，兩神合祀才能財源輻輳滾滾而來。不論南北買賣家更有供五路財神的，領銜的是黑虎玄壇太乙真人趙公明，還有進寶郎君、招財童子等四配。想不到黑虎玄壇趙公明，既然名列武財神，五路財神又忝為班首，一人頂著兩份香火，我想眾多財神之中那位趙爺可算財神中之財神，最為富有啦。一心想發大財的朋友，應當多給這位增福財神多磕幾個響頭，必定能夠有求必應。

北平廣安門（**又稱廣寧門、彰儀門**）外，有一座五顯財神廟，每年正月初二開廟。當年北平的各處城門一交子時就全部關閉，要交卯初才能開門。北平的買賣人，吃開口飯的藝人，以八大胡同的姑娘們，都紛紛趕到廣安門挨城門，等城門一開，大家一窩蜂似的，爭先恐後趕到財神廟燒頭一炷香，說是誰要燒了頭炷香準保一年之內順順當當、大吉大利。其實說穿了，這頭炷香不用說城裡頭住的人趕不及，就是財神廟附近的住戶也挨不上呢，因為這頭炷香總歸是廟祝們特權，誰也別想搶到他們頭裡去。因為人馬車輛在城門洞前擠成一團，每年交通事故總是一起跟著一起，官廳方面有鑑於此，特地核准廣安門正月初二提早開城，可是交通秩序，車馬壅塞照常，絲毫沒有改善。後來有人建議正月初一到初二那一天，索性把廣安門城開不夜，交通擁擠的情形這才緩和下來。

梨園行唱小生的朱素雲、金仲仁兩人都是這個五顯財神廟的廟董，據他們兩位說，五顯財神是姓伍的兄弟五人，是嶺南俠盜，生前偷富濟貧，輸財仗義，後來淪落京師。在他們故後，受過他們五位恩惠的人打算醵資奉祀，又恐怕官府以淫祠濫祀批駁，所以就以五顯財神為名蓋了一座財神廟，讓他們兄弟永受香火。因為正月初二是大爺伍元的誕辰，九月十七是祭日，所以就拿這兩天算是廟期啦。

凡是去五顯財神廟的香客，除了燒香祈福外，還有一個項目是借元寶。這種元寶是用硬紙殼做成元寶式樣，分金銀兩種，給若干香敬，就可以換元寶一隻。今年借元寶一隻，明年還元寶一對，借金還金，借銀還銀，對本對利，一律奉行。明是錢買，愣要說借，元寶借回家來，都得高高在上供在神龕裡頭，明年再借就是加倍，節節高升，過不幾年真就金銀滿庫啦。有一年筆者看見四大名旦尚綺霞的令弟富霞裝滿了一馬車的金銀元寶進城，興高采烈的說是帶福還家，那一年不用提準保吉祥如意、財源茂盛呢！

當年正月初二到財神廟燒香還元寶，各色人等所用交通工具也是五花八門、無奇不有，可是坐汽車的少而又少。因為廣安門是北平比較荒僻的一道外城，交通流量不甚頻繁的一條西南官道。廣安門內大街的馬路已經坑坎不平，出了城的馬路更是嶔崎難走。該處地方為了便利香客，只好採取臨時措施，黃土墊道，淨水潑街，洋車走在上面固然舒坦，小毛驢跑起來也不顛得慌，最怕是四輪汽車風馳電閃而過，紅塵十丈蔽日遮天，這一陣黃沙，拉車、坐車的，騎驢、趕腳的可就成了泥人兒啦。所以就是汽車階級也要圖個新年新歲皆大歡喜，免得汽車一過，招得人人咒罵，盡可能也都換乘玻璃篷馬車。坐馬車也有好處，既可遊春觀景，又便瀏覽廟會風光。男女名伶，巨紳名流，加上綺袖丹裳的北里豔姬，更有素雅淳樸村姑野老點綴其間，上海人講話所謂眼藥塌足了。

又有人說，北方的五顯廟，就是南方的五通神廟，可是當年在上海擅寫小品文的鄭逸梅兄說，蘇州對門有一所飛閣圓拱、雕琢工巧的五顯廟是明朝的建築，每逢正月初五是一年一度的廟期，所有全城勾欄中人，都約妥自己的私相好前往五顯廟祈福進香。有時浪子嬌娃為了爭風吃醋，吵架打鬥時常釀成命案，到了清朝，蘇州府迫不得已只好把這座五顯廟廢了。北方五顯廟供的是俠盜伍氏兄弟，南方五顯廟祭的也是五位弟兄，可是姓馮而不姓伍。因為同是五位，所以通稱五顯，實際北伍南馮互不相涉的。逸梅兄說之有據，當然不假。

記得老蓋仙夏元瑜兄說過，他所認識的大善士們請他設計一座財神廟，屈指一算列位仙班的財神爺，已有十六位之多，打算多湊幾位（大概是想讓他們成立財神爺公會）。於是把古代善於理財又愛國家的范蠡、計然、白圭、子貢四位先賢，各上封號，晉爵財神。可惜當時在下沒在當場，否則一定要提醒一聲，計然他們三位是什麼尊神？我莫宰羊，可是人家陶朱公，據在下所知，可早就敘列財神有案啦。

有一年，筆者去海安看韓紫老（國鈞），坐的是一隻烏篷船，經過一個小鎮叫奔叉，一葦所如，忽然輕寒斜雨衣履沾濕，只好棄舟登岸。我在丘墟枯井旁邊找到一所兩進小廟，清磬搖穹，香煙裊裊，廟叫增福靈顯宮，裡頭當然供的是增福財神。廟既稱宮，想必是一座道觀，應門的小童果然是個小道士，所供神祇正是扁舟載美的范大夫。至於當地何以稱鴟夷子皮為增福財神，小道士也說不出所以然來，料想奔叉人氏的想法認為范大夫善於操奇計贏，把他老人家晉爵財神正是理所當然，跟夏蓋仙的想法正是不謀而合呢！

來臺後在某處看見舊王孫溥心畬畫的一幅工筆財神，玄冠赤幘，犀環金帶，撰袖素韎，神采俊邁，蘊藉儼雅。上方還有溥氏親自寫的一段蠅頭小楷「財神考」，大約有四百字。這幅畫當然是溥二爺精心之作了，可惜當時賞鑑匆匆，未能細細的展讀。以他的博解宏拔，定是剝草析羽，另有一番說詞的。

當年有位不得志的藝人叫栗慶茂，他跟劉派鬚生高慶奎是同科的師兄弟，出科後因為外務太多，人又放蕩不拘小節，不是上戲誤卯，就是臺上開攪，所以戲班都不敢領教，窮愁潦倒，淪落在天橋撂地賣藝啦。因為他是科班出身，玩藝學得磁實，不但文武不擋，而且六場通透。平常在天橋撂地唱唱，還真有整齣京腔大戲，所穿戲裝、所用道具，七拼八湊，光怪陸離，令人噴飯。可是他有一件平金蘇繡寸蟒，平素深藏不露，不輕易拿出來亮相，每年逢到春節，他打聽到凡是走馬章臺有名有姓的花花公子新正在八埠名花妝閣開果盒，他必聞風而至，冠戴起來，或是跳個加官，或是勾個元寶臉的財神來個招財進寶，唱段「喜鶯遷」，所得紅封足抵在天橋唱個十天半個月的收入呢。所以新春正月在八大胡同裡，栗慶茂是最受歡迎的活財神。

財神誕辰慶典，北方是正月初二，南方是正月初五。北方稱初二是財神日，祭財神的供品是豬頭、公雞、鯉魚。公雞宰好拔毛，可是要留尾毛，鯉魚要歡蹦亂跳的，活魚眼睛上貼一張紅紙。祭神完畢，鯉魚要拿去放生，這一年之內，才能駕福乘喜、大吉大利。到了長江一帶，財神日子一下就晚了三天，變成正月初五了，祭財神的供品，最講究有用整席魚翅席的，似乎南方財神的朵頤福厚比北方財神受用腦氣多了。

從前梨園行有位唱銅錘的尹小峰雖然聲若銅鐘，可惜臉龐太窄，不管怎麼勾臉，也沒法顯出魁梧奇偉架子來，因此他發誓收徒弟首要的條件是大臉盤虎背熊腰的年輕人。晚年他收了一個徒弟叫汪鑫福，儀容俊偉，體格高大，當時伶、票兩界淨行中人都認為這位汪小弟是個傑出之才，可惜倒倉的時候沒保養好，從此嗓音失潤，一字不出，於是拜在翁偶虹門下專門學畫臉譜。

有一年我們在協和醫院藥房大管事張稔年家吃春酒（張曾一度下海，效法金少山以花臉挑班唱了半年多），翁偶虹送了兩幅財神臉譜，是他愛徒汪鑫福畫的。每幅十二張臉譜，一共二十四位，其中居然有一位是綠碎臉，一位是藍碎臉的財神，這二十四位財神爺不僅畫得工緻細膩，而且張張傳神。翁偶虹對每一位財神都博涉旁搜，爬羅剔抉，一一加以考證，一筆晉唐小楷，更是雋逸有致。可惜當時看來匆匆，事隔多年，只剩模糊印象，否則提供蓋仙老兄建廟參考，豈不是更加熱鬧。

如此算來，我們中國財神竟然有兩打之眾，方今世界正鬧能源荒，經濟不景氣，祈諸各位財神爺發發慈悲各顯神威，早點兒做到民豐物阜，士飽馬騰，萬眾一心。大家一定忘不了晨昏九叩首，早晚三爐香來供奉各位財神老爺，仰答天庥的。

當鋪票號始末根由

前不久，屏東合作金庫突然發現一位職員，在一年左右竟然神不知鬼不覺的挪用公款達四千萬之多，引起各界對銀行作業內部管制不夠周密的懷疑。跟幾位朋友閒聊，就聊到當年的當鋪票號組織雖然古老些，可是管理節制方面有條不紊，確有其獨到之處呢！

依據典籍上記載，唐朝初年就有所謂典當業了，再看宋元明歷朝的私人筆記，以及詩詞歌曲都有關於典當故事和吟詠，足以證明自唐以降，典當業就成為社會上一種用物品來抵押借貸而不可缺少的一種正當行業了。

典當業大致分為典、當、質、押四類，是按資本多寡、利率厚薄、時期長短而劃分的，典當業自然是以典的規模最大，當次之，質、押更次之。

我們拿清朝來說吧，在政府還沒設立官銀號金融機構之前，無論是朝廷庫收、地方的稅賦，以及各種協餉雜項收入，有些省分規定可以存放在典裡生息。可是利息比一般民間利息為低，只有七八厘，最多不得超過一分，有些貧瘠省分最高利息還有不到一分的，這對生意人來說，是最穩妥可靠、利潤又厚的生意了。不過這並不是每一家都有資格承做，必先經過當地官署審查合格，發給「公典」憑執才能正式承受官家存放款項，在一開始只有典才有資格當公典，一般當鋪是不准承辦這項業務的。早先典、當之分就在於此。

到了康熙末年，凡是幅員廣闊、人口稠密、財源充沛的省分，因為庫款富足，如果報奉戶部核准，也可加以通融，撥一部分庫款，存放指定的當鋪裡，當鋪則按八厘以下生息，最高不得超過八厘，這種當鋪名之為「朝廷稅典」。清朝當時全國共分為十八行省，差不多每一省分都有幾家公典。至於供一般市民通有無的質押那就更多啦！可是最奇怪的是，輦轂之下皇皇帝都，大街小巷到處都有當鋪，所謂公典反而極為罕見，就是質或押也是南多於北，南方各省質押隨處可見，越往北來質押就越少啦。

據典當業中人說：「順治時代，北平還是『公典』，後來自從當鋪可以存匯庫款，各省解庫大宗款項，一到北京，就立即逕解戶部繳納。公典因為開支大、利潤薄，在做生意方面反而競爭不過當鋪，逐漸歸於淘汰。倒是華中、華南各省，在北伐之前的上海租界裡，典、當、質、押四者俱全。尤其抗戰時期，所謂滬西歹土賭窟林立，質鋪小押大行其道，賭贏立刻取贖，賭輸多半死當。直到抗戰勝利，典固然沒有了，質押也無形消滅，就剩下當鋪碩果僅存了。」

筆者當年有位教珠算的班長保老師，當鋪出身，不但兩隻手能同時打算盤，而且運指如飛，打完之後只要兩把算盤數位相同，根本就不用複盤了。他說：「當票上寫的字，龍翔鳳舞，這也屬於典當行一種特殊技巧，絕不是糊塗亂抹，而是有結構、有筆法的，凡是吃當鋪飯的同行一瞧便知，外行人就是草聖復生，也認不出寫的是天書還是鬼畫符。一個學徒能練得正式開當票，還得心性靈巧，最少也要一年多以上才能開當票呢！有人說當鋪裡朝奉都是徽州人，其實也不盡然，例如嘉慶初年和珅抄家，他出資在北京通縣所開的當鋪十二家，以及他家人劉全的八家當鋪，其中就有若干家沒有徽州朝奉。不過在江浙一帶的典當，都要請一、兩位徽州朝奉來掌眼，負責鑒定珠寶、珍玩、字畫、皮貨等的價值真假倒不差。所以後來大家都誤會典當裡必定有徽州人主持的說法。」

另外班老師給我們講過一段典當歷史是向所未聞。他說：「在學生意的時候，聽老前輩談說，前朝的當鋪跟縣衙門後牆都是相連的。當鋪牆高壁厚不說，就是迎門窗櫺門楣也都粗厚堅固，尤其門外加上一道寸半見方漆的木柵欄，變成當鋪特有的標誌，讓人一看，就知道這是當鋪。表面上說是防範偷盜搶劫，其實也有防範當鋪裡執事人等溜走逃亡的因素在內，因為彼時當鋪裡的人都是監獄裡的囚犯。凡是跟當鋪打過交道的人，總覺得當鋪的櫃臺特別高，心裡想著去當是去求人，所以當鋪要顯出是高高在上，其實完全猜錯了。因為他們都是牢裡囚犯，腳上都銬著腳鐐，讓人瞧見難以為情，同時也防著他們逃脫，再則就是進當鋪的都是有急用的人，總想物品價值當得越多越好，當鋪想法恰恰相反，怕死當不贖，盡量壓低價碼。雙方時常會因為當價高當價低發生口角衝突，櫃臺做得高不可攀就可以減少若干不必要的糾纏了。」班老師所說的話，照事實印證，的確合情合理，不過從書刊查證，一直沒查出所以然來，只好留以待考吧。

北平各大當鋪，還有所謂信當的辦法。清朝素來就有窮京官之說，因為京官清苦，十之八九都是宦囊不裕的。一到過年過節，或遇上喜慶喪葬大事，一時籌措不及，可以弄一兩隻大皮箱，裡頭就是塞點破爛不值錢的東西也沒關係，鎖好加封。當鋪裡如果知道這位大老爺根底，明白是信用可靠的，當個千兒八百兩都不成問題，可是到期必定取贖，否則砂鍋砟蒜變成一錘子買賣，下回您再打算信當，那就免開尊口吧。

清朝在乾隆年間當鋪已經相當發達，當時北京城裡當鋪有六七百家之多，掌朝大臣鄂爾泰曾一再上疏諫言，為了穩定錢價（幣值），官府應當提撥一部分銀兩充作資金跟當鋪合作。因為當鋪組織嚴密、信用可靠，發本放債，無虞虧折。後來凡是由內務府經管的皇室款項，也陸續存放典當生息。經戶部收的佃租、房租，各稅關罰賠銀兩，各王公大臣獲罪罰俸，犯罪官吏抄沒家產變價款項，上行下效，甚至於各級官署的經費餉銀也都慢慢改成存典生息，視為當然。事實上在沒有票號之前，典當業在當時已經成為實際上的金融機構了。筆者幼年時只聽說某家當鋪被聚眾持械擄掠，叫做搶當鋪，很少聽說哪家當鋪因經營不善而倒閉的呢。

談完當鋪，該談談票號了。票號因為他主要業務是匯兌，所以稱之匯票莊，又因為票號最初是山西人創辦的，而票號十之八九都是山西人經營的，所以又叫山西票莊。

從前金融界稱之為財神的梁士詒說過，中國什麼時候有的票號，說者不一。現在雖然無案可稽，可是依據金融界老前輩傳說，自從闖王李自成囊括剽竊所得金銀珍寶，從北京狼狽西竄藏在山西康家，後來因官中搜捕甚亟，他又流竄到九宮山，窮困交迫自縊而死，那批財富就悉數落到康氏手中了。

康家驟然之間變成上億的巨富，於是操奇計贏，由華北而華中、華南，他的買賣越做越興旺，不幾年，遍及全國各大都市。那些關係企業為了彼此支援相互調度頭寸便利起見，在山西太原城設立一家總票號，總綰財權。由於資金雄厚，運用靈活，一般商號沒法子跟他家抗衡，當然大賺其錢。本利相權，把營業地區逐漸伸張到長江上下游，進而珠江、閩江流域，財勢聲勢更趨壯大。山西一般殷商富豪群起效尤，到了後來，幾乎全國各大鄉鎮都有山西人經營的票號了。

最早的票號是集中山西祁縣、平遙、太谷三縣的，大家都稱之為「山西幫」，又叫三大幫。票號匯兌業務，雖然幾乎被山西幫所壟斷，可是久而久之，就有安徽合肥的李經楚設立了源順潤、義善源兩家票號，雲南昆明巨富李湛陽成立天順祥票號，跟山西幫抗衡。徽李、滇李兩家在同治光緒年間鼎盛時期，全國各大商埠也都各設有分號達二三十處之多呢。

另外又有人說，康家的票號主要的業務是為自己關係企業周轉融通，不能算是一家正式票號。第一家正式票號是乾隆元年蔚盛長綢緞莊東家開的蔚泰厚，也有人認為蔚泰厚業務範圍、組織結構，還是蔚盛長綢緞莊外櫃形態，也算不上正式票號。到了嘉慶年間，日昇昌顏料號開的日昇昌票號雖然兩家字號相同，可是財務獨立，業務也是兩不相侔，才是第一家正式票號呢。後來大德通茶莊、存義公布店、三陽木廠、乾盛永糧行都認為票號容易發旺，貨幣商品可以彼此流通，相輔相成，除了本身業務外，都用自己匾牌增設票莊。大德通、存義公到了民國初年索性把自己的老本行茶葉莊、布店收歇，一心一意經營起票號來，一直到盧溝橋事變前，大德通在錢莊業還是響噹噹的字號呢。

依據《中國財經沿革史》記述：「擔任中國海關總稅務的英國人佛爾曼，日本經濟學權威平生三郎在他們調查中國金融報告裡都說過，中國的票號，不但內部組織嚴明，採用內外相互牽扯制度，跟歐洲金融機構企業化經營方式無形中大致吻合。尤其在信用方面，頗令人驚詫，不管是多大款額，不管商品錢盤有多大起落，說話算數（**上海商場所謂「閒話一句」**），從無拖賴情形發生。比起歐西國家，遇事必須立約簽字以為憑信的做法，足證他們在商場上的信用是令人十分信賴的了。

談到營業拓展，當年合盛元在日本神戶、長崎、大阪、東西兩京都有分號；蔚泰厚專做西北各省匯兌；大盛州、北安利除了做外人生意以外，庫倫、喀什米爾甚至印度的旁遮普都有他家分號；大德恆專事向南開拓，除了華南一帶之外，遠及老撾、越南、暹羅等國；大德玉是專做東北和俄羅斯生意的。

照以上這段記載，可見當年票號規模、組織、信譽是非常受人信賴的。再看那些家票號營業範圍，在那個時候，交通艱阻，能夠披荊斬棘，悉力拓展到國際貿易，他們的精神毅力實在不能不令人佩服了。筆者同窗好友任相杓是當年大德通票號的少東家，據他所知，山西票號三五人合資經營的佔多數，獨資經營的全國不超過二三十家。總之不管獨資、合資，一律是無限責任，股份有的一萬白銀一股，也有五千、三千、一千一股的。每年底作一次年結，滿三年算一次大帳，賠賺按股勻攤，統稱銀股。每家票號另有人力股，又叫身股，是獎勵勤奮得力有功執事的。三年分大帳，人力股都是優先分配，這跟現在政府倡導一般企業施行員工入股制度，又暗暗吻合。不過票號錢莊在若干年前，早行之有素啦。

山西票號用人，只限於山西同鄉，有的用人範圍縮小到同縣，甚至僅用同一家族。票號都是採用學徒制，學徒都是知根知底的十來歲的小孩，只要略通寫算就成。照規矩三年零一節才算滿師，要是聰明有為才堪造就。雖然沒滿師不能開工錢，只給購置衣履、日常零用。為了鼓勵他上進，可能先給幾厘身股，積了三年算大帳按股份紅，買賣越發達，利潤就越厚，身股也跟著往上加，過不了幾年，也可以衣錦還鄉，蓋房子置地了。

營業鼎盛自然要擴大範圍，各處設立分號，新開分號掌櫃的人選，必須首先考慮要派總號得力的夥友出任（**除非實在沒人願去，才能外聘**）分號掌櫃的，既然都是本鄉本土的人，到外地去主持業務，當然更為可靠，可是有一個不成文的規定，無論是誰一律不准攜帶家眷。表面上是說把家眷留在當地，總號得就近照應，其實彼此心照不宣，誰也不敢耍花槍起黑票（**拐款潛逃的意思**），否則全家老小就是最好的人質。分號掌櫃的在外一切開銷一律由櫃上支應，就是個人開支，也都從櫃上支銷。每月薪資則由總號遞送家中，在外三年任滿，回到總號一交大帳，如果帳目清楚，營運得法，東家除了盛筵款待犒勞慶功之外，立刻增給人力股，可以說是衣錦榮歸，回家去老小團聚，可以舒舒服服過上一段清閒的生活，然後再行調優，或是回任。照這樣小心翼翼做個二十來年，自己也就可以開莊立號，挑起牌匾當東家了。

假如不幸在任上身故，他的身股盈利，只要票號存在一天，股息紅利照送不誤，遺族子弟如是應對便給、舉動有度、能寫能算有出息的好孩子也可以入號工作。

這一套嚴謹務實的管理辦法，只要能躋身票號，只要自己操持嚴謹，不出紕漏，職業既得保障，生活又能安定，甚至於這一生都不用為衣食再奔走擔憂，就是死後還能蔭及妻孥。在當年純樸的社會裡，誰能不兢兢業業把這隻金飯碗捧得牢牢的，死心塌地黽勉奉公呢？

孔庸之先生是山西太谷人，他的上代就是經營票號卓著聲譽的，他對票號有兩句評語是：「不督而動，不稽而檢。」這兩句話可以說是對票號鞭辟入裡的評讚。

從清代乾嘉到庚子拳匪變亂之前，可以說是票號黃金時代，全國南北票號多達四十餘家，山西票號就佔了半數。其所以這樣發達，不外當時交通尚未流暢，現金搬運困難，各省協餉都要解往京都，海外貿易日趨頻繁，各項牙稅徵金的收解，還有各省攤派的限額外債，全歸各大號劃分區域，承攬包做，還能不皆大歡喜，家家發財嗎？

可是好景不長，到辛亥革命、武昌起義，舉國擾攘，人心浮動，武漢三鎮立刻變為金融中樞，各票商的總號在運用調度上發生了周轉滯澀現象，而各地分號有的清理帳目暫停營業。這一停滯不要緊，立刻影響及於全域，這時候銀行興起，放款有明文規定，憑實物抵押，任何人都可以向銀行借貸，與票號論關係、講情面的做法迥不相同。銀行存款分活期與定期、零存整付種種方法，盡量便利顧客。跟票號的老八板舊規矩，利息只給兩三厘，甚或不計息，兩相比較，自然票號生意做不過銀行啦。加上世風日下，人心不古，放款方面，一下走眼，血本無歸。銀行存款方面利潤優厚，一切手續照章辦理，心明眼亮當然信譽日增，自自然然票號就被淘汰了。勝利之後全國各省已經不見一家票號了，連碩果僅存蕭振瀛經營的大同票號也因時勢所趨，改為大同銀行啦。

也談文明戲

三月二十四日，裴可權先生在《中國時報》「人間」版寫了一篇〈文明戲〉，把我聽文明戲的陳年往事，又重新一一勾上心頭。民國初年，北洋政府財政部次長朱耀東給他慈母慶祝八旬正慶，在寓所唱堂會戲娛親酬賓，筆者從小就是個標準戲迷，拜壽之後，當然入座聽戲。

記得是貴俊卿、路三寶的《浣花溪》剛一下場，臺上的文武場一律偃鑼息鼓，走進後臺。戲提調登臺報告說：「下面一齣是上海某聞人送的文明新戲，由劉藝舟先生主演的《太平天國》，請各位來賓、親友入座欣賞。」接著就是這齣好戲登場，本來是鑼鼓喧天，忽然一下子變成有說無唱的文明戲，大家似乎都有點彆彆扭扭的。可是等劉藝舟飾演的天王洪秀全一亮相，頭纏紅絲巾，上壓鑲水鑽的慈菇葉兒，身穿沒水袖的純紅無花的開氅，足蹬芒鞋，手拿二尺多長金如意，臉上揉紅畫濃眉，黑鼻窩，大嘴岔，這身向所未見的打扮；以及聲若洪鐘的廣東官話（據說因為洪是廣東花縣人，所以說廣東官話），訓諭四位王爵有如長江大河滔滔不絕，還真能靜場，臺底下愣是鴉雀無聲。當時有些人說劉藝舟是天生演說長才，的確允當，這是筆者第一次聽文明戲永留腦海的印象。

沒過幾年，北平市政當局把前門外香廠一帶開闢為萬明路新社區，先蓋新世界，後建遊藝園。這兩家遊樂場除了平劇、電影、雜耍、魔術之外，都各有一場北平人認為新奇玩藝的文明戲。新世界的文明戲跟雜耍同一場子，日夜兩場都是雜耍在先，文明戲在後；遊藝園是魔術團、文明戲同一場子，魔術完了接演文明戲。

新世界的文明戲叫「醒鐘社」，是由上海唱滑稽戲的秦哈哈、江笑笑等主持，多半劇情偏重於笑鬧逗樂，他們的場子排在雜耍後面。早年的雜耍以大鼓、單弦、八角鼓、什不閒為主，臺下的顧客多半是上了幾歲年紀的聽眾，雜耍一散場，大家對於文明戲興趣缺缺，總是一哄而散，等文明戲上場，臺下的觀眾永遠是稀稀拉拉，簡直叫不上座兒來。過了不久，唱大鼓的白雲鵬發生了一樁桃色事件，被警察廳插標遊街驅逐出境，雜耍因此停演。醒鐘社的文明戲更是獨力難撐大廈，只好鳴金收兵，秦哈哈一班人也就循海而南，回上海重理舊業，演他們的滑稽獨角戲去了。

談到城南遊藝園的益世社文明戲，想不到居然轟動九城，熱鬧了好幾年，可算是有幸有不幸了。他們益世社跟魔術大師韓秉謙、張敬扶同一個場子，韓、張的大套魔術，那比快手劉他們的舊式中國戲法要新奇詭異、引人入勝多多，加上「大飯桶」、「小老頭」的滑稽，男女老幼人人歡迎，每天一開演，觀眾總是擠得滿坑滿谷的。益世社接這麼熱門的後場，一開始就沾光不少。

益世社是由李天然、胡化魂兩人主持的，當時警廳規定文明戲禁止男女合演，所以益世社是純男性組織，所有女角都由男人扮演，比後來話劇社准許男女合演，可就難易有別啦。文明劇跟話劇最大不同之點是話劇有劇本、有臺詞，文明戲雖然有提綱，也分幕、分場，可是臺詞就由劇中人憑個人的口才機智即景生情，自由發揮啦。

李天然、胡化魂一演老生，一演小生，他們所演的《梅花嶺》的史可法，《秋風秋雨》的林覺民、徐錫麟，《刺馬》的張汶祥都能慷慨激昂，發揮得淋漓盡致。後來又加入兩位生角，一位叫劉一新，一位叫周郎，周的戲帶點武打招式，演《風塵三俠》的虬髯公，氣魄雄渾，聲調鏗鏘，跟平劇《紅拂傳》侯喜瑞飾的虬髯公魁梧奇偉可稱雙絕。演旦角的夏天人，是夏佩珍的叔父，此人沒有喉結，蓄長髮，婉約綺媚，舉措多宜，有些女座看了若干次，始終沒有發覺夏天人是男扮女裝的。薛萍倩是專演悲旦戲的，其人美皙如玉，素面天然，張恨水的《春明外史》對薛有一段極為細膩的描述。陳秋風身材穠纖合度，加上明眸善睞，是旦角的雋才。有一位張雙宜國語雖不太靈光，他專攻潑旦，強悍驕倔，雌虎發威，人見人怕。張慧影以飾演女傭見長，說的一口天津話，走路好像改良腳，任何人都看不出他是男性喬裝的，筆者聽他演了兩三年戲，有一次偶然在園外相遇，才知道他是男性。

邊配角色裡有兩個好丑角，一叫王呆公，一名錢癡佛。演丑角要冷、要傻、要有深度，最忌硬滑稽無理取鬧，此兩人兼而有之。可惜當年沒有電視，否則王、錢兩位是現代橋劇最好的一雙搭檔呢！

大概是民國十二、三年春節，遊藝園戲樓崩坍，有位燕三小姐玉殞香消，從此城南遊藝園營業一蹶不振，不久宣告歇業，這班演藝人員也就雲流星散各自西東。直到現在，凡是當年逛過城南遊藝園聽過文明戲的朋友，大家一提起這班演藝人員，還有點悵惘懷念呢！

我因為小時候迷過一陣子文明戲，所以對文明戲始終不能忘懷。民國十六年初到上海，總想重溫舊夢再憶昔遊聽聽文明戲。當時上海新世界、大世界、先施樂園、永安天韻樓雖然都有所謂文明戲上演，可是那些遊樂場所品流龐雜，恐惹麻煩，未敢涉足。後來聽說鄭正秋、張石川在笑舞臺組班演出文明戲，聽文明戲也跟聽京戲要讓案目訂座的。所謂案目就是戲園裡公開的黃牛，於是請親友設法找熟識案目預訂座位才能觀賞，費了九牛二虎之力只弄到八九排座位。當時還沒麥克風，有的演員嗓音細弱，坐在後座，臺詞就聽得不十分清楚了。

至於前排好座位都是些北里名葩，章臺闊少，不是包月座，就是案目們給常客預留，我們這些外來人，不是老客，只好屈居後席了。當時笑舞臺的文明戲，比起以前，已經大有進步，准許男女合演。當年在北平的演員如夏天人、陳秋風都改演小生，最紅的女角有李攤翠、紀竹君。花國裡大名鼎鼎的富春樓老六，以及花國總統肖紅，天天到笑舞臺邀客訂座捧場，甚至跟李、紀兩人結成手帕交。稍後因笑舞臺租約期滿，同時電影事業日漸蓬勃，鄭、張兩人一心開拓拍攝電影事業，笑舞臺的文明戲也就成為歷史名詞了。

抗戰前夕，南京遊藝界鉅子顧無為，鑑於唐槐秋、唐若青組織的中旅在平津一帶演出極為轟動，於是腦筋一動也組織了一個大中華劇團。演員有顧的夫人盧翠蘭、應寶蓮、陳秋風、秦哈哈等人以及當年演文明戲的邊配，有二三十人浩浩蕩蕩遠征北平，以張恨水的《啼笑姻緣》為號召，先後在北平東城真光、西城中央兩個戲院上演。他們這個劇團雖然打著話劇的旗號，實際還沒脫文明戲的窠臼，所以頗受一些名門巨室、有閒有錢階級的歡迎。

想不到演出不久，劇團中有少數敗類發生了桃色事件，在東方飯店被警察當局抓個正著，全團受了被驅逐出境的處分。他們這幫人逃到天津另開碼頭，後來舊習不改，還是因為行為失檢，勒令停演，大中華劇團也就無疾而終。聽說這一次顧無為大大傷了元氣，從此也就一蹶不振啦。

抗戰軍興，上海在日軍佔領初期，英法租界驟然間成了孤島上的黃金地帶，租界裡頓然呈現出奇的繁榮。璇宮大戲院唐氏父女主持的中旅賣座鼎盛，石揮、孫景璐他們在辣斐花園號召力也不弱，蘭心大戲院張伐、黃宗英的古裝戲更是出奇制勝。在那一段時期，話劇的劇運如火如荼，令人振奮激賞。留在上海演文明戲的一班老人見獵心喜，於是在新新公司裡的綠寶劇場也組織了一個劇團，以介乎文明戲與話劇之間的戲來上演。生角有顧夢鶴、于洋，旦角有王雪豔、范雪朋等人，范是現在在臺北住院養病的老劇人文逸民的夫人，當年明眸善睞，綽約多姿，是當時最受觀眾歡迎的女主角。

故園情(上)

後來電影大行其道，綠寶劇場的演員紛紛投入電影界改演電影，當時大家還不懂得軋戲，於是演員星散，人手不足，大家心目中所謂文明戲也就從此告終了。以上所談都是本世紀前後的舊事，人地時物或有誤漏之處，不過雲煙過眼，追昔感舊，在中老年朋友心中也許還能興起潺潺之思、滄桑之感吧！

記名琴師徐蘭沅

跟老一輩的梨園行的朋友提起徐蘭沅，大概沒有不挑大拇手指頭的，因為人家不但知道得多、見得廣，肚子裡特別寬綽，而且六場通透，所以特別受敬仰。

譚鑫培的琴師原來是梅蘭芳的伯父梅大瑣，梅有時活兒多趕不及，徐蘭沅在臺上侍候過幾次譚老闆，不但拉得四平八穩，而且托得嚴絲合縫。後來梅大瑣年老不能登臺，梅蘭芳的琴師改成徐蘭沅，兩個人合作乳水，梅終其身沒換過琴師。而徐蘭沅除了乃弟徐碧雲在北平初次組班，幫忙性質拉了幾場之外，無論大江南北男女名角，不管如何重金禮聘，始終是矢志靡他，傍了梅蘭芳一輩子。

梅蘭芳的二胡是王少卿，伶票兩界都叫他二片，他除了給乃父鳳卿、乃弟幼卿拉胡琴之外，專門給蘭芳拉二胡。梅蘭芳給高亭公司灌全本《太真外傳》、《俊襲人》、《晴雯補裘》唱片的時候，只要王二片認為過門托腔有的地方不滿意就得重灌。第三本《太真外傳》，一晚上重灌了四次之多，徐、梅兩位照拉照唱，臉上都沒有絲毫不愉快的顏色，這種涵養功夫在座的沒有一位不讚嘆稱許的。徐蘭沅跟穆鐵芬都是儀表堂堂，一點沒沾梨園行習氣的，言談舉止更是雍容大度、不慍不火。言菊朋常說，徐蘭沅往客廳一坐，不認識的總猜他是位封疆大吏，至不濟也是位實缺府道。

徐蘭沅人雖方正不苟言笑，可是遇上戲班有為難地方，他秉著救場如救火的梨園行老規矩，毅然以赴，毫不猶豫。梅劇團赴美公演，因為角色計算得過分緊湊，上演《慶頂珠》，他曾經上臺串演過丁郎兒、教師爺。他送過筆者一張教師爺劇照，可惜沒從大陸帶出來，沒法讓大家一瞻他又哏又趣的丰采。

徐常說：「拉胡琴是傍角的，人主我配，一定要讓角兒唱得舒坦如意，所以對於尺寸、墊頭托腔、氣口、過門都要細心琢磨、因人而施，才夠得上是把胡琴。至於琴師一上場就來個花腔要個滿堂彩，或是胡琴過門加上若干零碎，引得臺下直喊好胡琴，只顧自己要好兒，把個主角僵在臺上幾分鐘，這都是喧賓奪主、溢出範圍的舉措，不足為訓的。」他這番話語重心長，確有至理存乎其間，希望後之學者能夠多多玩味。

徐蘭沅除了胡琴之外，他的字也寫得古樸蒼勁，精審入微。他開始寫字是從寫碑入手，取法乎上，所以他的字氣機通暢，駸駸入古。中年以後他極力模仿樊樊山，不但可以亂真，甚至真假難辨。當年樊增祥（樊山）在琉璃廠各大南紙店都掛有筆單，所以時常有人自己登門或找南紙店的人到樊宅請補上款的。後來樊家一算，所得墨潤跟請補上款的情形不成比例，雖然犯疑可也想不出什麼道理來。

有一天樊雲門忽然想到琉璃廠逛逛。遛來遛去經過徐蘭沅所開的竹蘭軒胡琴鋪，玻璃窗裡掛著一副自己寫的對聯，似曾相識可又模糊，到店裡細看，自己也分不出是真是假。過沒兩月果然有人拿這副對聯請補上款，後來經派人查訪，才知道是徐的傑作。從此徐的書法在梨園行其名大彰，假的樊雲門對聯也就從南紙店裡絕跡了。

抗戰勝利，筆者回到北平，曾經跟徐老話舊多時，他那穩健的談吐，亦莊亦諧的梨園往事，還是令人聽得不忍離座。記得筆者來臺之前，在勸業場的綠香園茶敘，他認為畢生有三大憾事：第一是乃弟徐碧雲在俞振庭的斌慶社習武旦，出科之後經瑞祥老東家力捧改為花衫子，青年人習性未定，惹上桃色糾紛，北平不能立足遠走武漢，抗戰時輾轉入川，最後的下場落寞淒涼，這都是疏於管教的結果；第二件是兒子徐振珊送在富連成坐科習武生，跟劉元桐、哈元章同列元字輩師兄弟，因為從小身子骨就弱一點，王連平又對徒弟有恨鐵不成鋼的心情，管教嚴了一點，於是三說五說跟葉龍章、蔭章弟兄們說碴了，一怒之下憤而退學，改名徐振珊，仗著自己面子搭班唱戲，最後弄成了不文不武，只好改行；第三件事是冒樊雲老大名寫對子，雖然人家大度包容一笑置之，可是自己始終覺得有愧於中。

那天在綠香園只有名票邢君明、果仲禹兩位在座，所以聊得時間很長，也聊得非常痛快。從此一別海天遙隔，迄未聽到此老消息。上個月從香港傳來噩耗，說是徐老已於去年冬天在北平奄逝，海天北望，悠悠蒼天，何其有極。

賽金花給戲院剪綵

抗戰之前，在北平提起賽金花，不但老一輩的人無一人不知，無一人不曉，就是莘莘學子留心史實的，因為看過賽金花本事的，也都知道賽金花是庚子年間，八國聯軍進佔北平時期的一位傑出的傳奇人物。

賽金花晚年以魏趙靈飛名義，住在北平天橋一個陋巷，跟隨侍她多年的小周媽相依為命，過著艱困的生活。可是據小周媽說，賽二爺還算是有福之人，每到貧病交迫、走投無路的時候，總會有人送點金錢、藥物來接濟她們。究竟是恤老憐貧，還是感念舊德呀，那就不得而知了。

北平舊刑部街有一座奉天會館，屋宇閎敞，而且廳堂置酒瑤臺清照，足可迎賓。後來有人一動腦筋，把敞廳舞臺部分劃出改為哈爾飛戲院。主持者是個大手筆的人，認為既號戲院就要轟轟烈烈，不鳴則已，一鳴驚人。居然讓他出了一著高招，開幕之日請賽金花剪綵，「老鄉親」孫菊仙唱《硃砂痣》。

當時在北平剪綵還是件新鮮玩藝，說好請賽金花剪綵，致送上等衣料一套，綵金銀元二十元，當事人都一一照辦。賽金花唯一要求是要坐敞篷馬車從寓所到哈爾飛戲院，當時北平還有幾家馬車行，可以雇得到馬車，但都是玻璃篷的，要找輛敞篷馬車，可就不十分容易啦。幸虧西城甘石橋有一家快利馬車行，是借用合肥李瀚章公子經畬的馬圈開設的。李經畬每天到清史館上下班，都是坐自己敞篷馬車的。哈爾飛戲院託人情商，李八太爺慨允相借，賽金花總算如願以償，坐著敞篷馬車到哈爾飛去剪綵。賽金花一代尤物，是善於修飾自己的人，雖然秋娘已老，兩鬢花白，不施脂粉，可是氣度雍容，眉目如畫。遙想當年玄霜絳雪，無怪乎能顛倒若干名流雅士。

賽金花是由商鴻逵筆下所謂忠僕小周媽攙扶上臺剪綵的。名攝影家張之達、名記者童軒蓀分別拍了不少現場照片，在平津各大報畫刊發表。賽剪綵後興趣甚高，並且到池座聽「老鄉親」孫菊仙唱了一齣《硃砂痣》才走。當時「老鄉親」幾近九旬高齡，步履雄健，可是兩耳重聽，找不準工尺。鮑吉祥飾吳惠泉，吳彩霞飾吳氏，孫佐臣操琴，唱者自唱，拉者自拉，各幹各的，雖然兩不相侔，可是臺下依然采聲雷動。因為二孫加上鮑、吳，足足有三百歲之多啦。

哈爾飛戲院開幕，經過這次別開生面的剪綵，在長安、新新兩家戲院沒建築完成之前，哈爾飛在西城一帶一枝獨秀，風光了十多年，到了抗戰勝利才正式收歇。而賽金花出過這次鋒頭之後不久也就流煙墜霧，黃土埋香，卜葬陶然亭畔啦。

談裱褙藝術

中華民國十五年夏季，葉公超博士在亞太地區博物館研究會發表一篇有關中國裱褙藝術的英文論文。承歷史博物館何館長浩天賜寄原文，葉博士對於中國裱褙藝術不但所知精湛宏博，而且頗多闡發。他認為故宮博物院設有裱褙部門，只能做到抱殘守缺，實嫌不夠，應當邀請日韓各國裱褙專家共聚一堂，把這項藝術廣泛討論，對於裱褙及一切有關的技巧技術，設計出一套標準規格的工作程序，最終的目的是要裱成一幅能持久、能達到最高水準的字畫。

葉博士這篇論文，不但引起中日韓三國裱褙藝術專家的注意，就是歐美各國藏有大批東方字畫的博物院如法里爾、納爾遜美術館、大英博物館也都注意到這件事，在裱褙藝術方面深入探討，希望有所貢獻。

中國的傳統書畫，除了最早的壁畫以外，寫字畫畫總離不開宣紙、棉紙和絲絹，可是這三種材料不但質地柔軟而且薄弱，精心傳世之作必須裝裱起來，才能便於保藏。所以幾千年以前的名人字畫能夠流傳下來，都有賴於裝裱得好，才能綿綿胤育流傳到現在。

《唐書・百官志》：「熟紙裝潢匠唐八人。」《通雅・器用》：「秘閣初為太宗藏書之府，並以黃綾裝潢，謂之太清本；潢，猶池也，外加緣則內為池，裝成卷冊，謂之裝潢，即表背也。」這是最早裱褙見諸文字的記載。後來宋人虞龢在《論書表》裡有「宋范曄喜卷帖裝治」的說法。可見晉朝以前，還不會裝裱，到了唐初才開其端，雖有專人擔任裝潢，尚難求其精麗，到了宋時，范曄良工良法才深得裝裱之妙的。

明朝周嘉胄寫一部《裝潢志》，清朝周二學著有《賞延素心錄》，都是有關裝潢藝術的著作，可惜都是偏重理論的書籍，對於技法步驟，都約而未詳，所以裱褙技藝只有師徒授受，代代相傳，一直到現在。葉博士的呼籲，確具有深知遠慮的。

筆者自幼對於蘇裱名人字畫就有濃厚興趣，雖然自己不去動手，可是舊藏的字畫藝籤縹帶，牙軸錦鑲，倒也足供摩挲把玩的了。由於故都名畫家蕭謙中的介紹，而認識了北平琉璃廠松古齋的裝裱高手蘇州人湯漸蓼。由明朝到清朝，字畫講究蘇裱，而蘇裱中能夠稱得上盡善盡美的能手，也不過幾個人，被同行中尊為國手的，也不過是湯、強兩家（湯就是平劇《審頭刺湯》裡的湯動湯大老爺）。湯漸藜就是湯裱褙俊之的裔孫，不過湯大老爺被戲裡渲染成奸狡虛猾的勢利小人，在大庭廣眾之間，不願意承認罷了。

筆者自從認識湯漸藜之後，沒事就往松古齋跑，凡是家裡的字畫，無論新舊都送到松古齋去裝裱、重裱。久而久之，湯知道我喜歡裝池藝術，而不是打算吃這碗飯的，也就知無不言，言無不盡，毫無顧忌地傾囊而談啦。

湯漸藜說：「裱畫手藝拿北平來說，分蘇裱、行裱兩種：蘇裱講究手工精細，款式大方，絕不偷工減料；行裱是能省就省，含糊蒙事。蘇裱以琉璃廠為中心，價錢雖貴，可是從不欺人；行裱以廊房頭條作據點，那比琉璃廠的手藝，價錢儘管便宜，可是手藝工料就差得太多了。一幅作品送到裱褙店去裝裱，因為寫字畫畫，不是宣紙、棉紙，就是絲織的綾絹，質地柔軟，缺少韌性，所以裝裱第一件事是在字畫背面，先黏上一層棉紙，把原件增加厚度，穩形定性，內行話叫做『托』。同時有殘缺皺紋，這時候都可以彌補熨平。等襯紙完全晒乾，然後把四圍不用的邊，從落款一邊起切割整齊後，就可以著手鑲邊工作了。鑲邊先要在裱件背面四周，先比齊黏好細條的紙打底，然後貼上棉紙。講究的用綾緞，此中高手，為了配合字畫紙張的色澤，有的甚至於用水紋綾、古錦緞來托襯，把裱出來的字畫顯得清新華貴，色彩冷豔，真能把字畫的身價抬高。做好鑲邊，這幅作品裝裱手續只能算是完成了一半。

裱褙字畫過程中，調製漿糊是最重要也是最麻煩的工作。良工巧匠，各有各的手法，日積月累，精神所萃，自然神而明之。不知道的人，總覺得高手們全有密不告人的竅門。

其實《裝潢志》上就列有治糊方法：『先以花椒熬湯，濾去椒，盛淨瓦盆內，放冷，將白麵逐旋輕輕糝上，令其慢沉，不可攪動。過一夜，明早攪勻，如浸數日，每早必攪一次。俟令過性，淋去原浸椒水湯，另放一處，卻入白礬末、乳香少許，用新水調和，稀稠得中，入冷鍋內，用長大擂錘不住手擂轉，不令結成塊子，方用慢火燒。候熟，就鍋切成塊子，用原浸椒湯煮之。攪勻再煮，攪不停手，多攪則糊性有力。候熟，取起，面上用冷水浸之，常換水，可留數月。』

請看古代治糊有多麼繁瑣精細。其實坦白的講，治糊要用花椒水，要加白礬、乳香，要調得細、攪得勻就成啦。不必一定要照上面說來做。托畫的漿糊要稀，跟水是三與一之比；托綾的漿糊要稍濃，跟水是二與一之比；鑲邊用漿糊要黏性稍重，不必加水就可以使用啦。大致如此，其中並沒有什麼特別奧秘。不過一般南紙店書局所賣的化學漿糊，雖然看起來不錯，可是您打算裱一幅工細的字畫，還是避免使用為是。因為化學漿糊都是大量製造，黏性有時不夠穩定，容易起氣泡，生皺紋，日久天長氣候急驟變化，不管是橫披與組立軸，尤其手卷扇形裱件，都容易發生捲曲、走色、變形種種現象。所以不要只圖一時的省事，遭致無法挽救的後患，千萬要慎之慎之。」以上都是湯親口告訴我的，到臺灣之後跟此間裱褙行家談談，都認為湯漸蓀很對。

自從第二次世界大戰結束以來，全世界物價都在緩緩上升，幣值漸漸下降，所以各國豪商巨富，為了謀求自己的財產保值，目標都轉移到搜集古玩、字畫上來了。所以古董字畫的行情日新月異，節節上漲，咱們中國的文化輸出，當然也不後人，尤其國際友人對於中國的古玩、字畫興趣更濃，因此裱畫店的生意不但財源滾滾而來，甚至於裱褙人才也陸續外流到歐美各國去求發展。

因為裝池變成搶手的熱門生意，於是從事裱褙生意的人越來越多，為了講求速度，裱褙功夫也就日趨馬虎，甚至於比起當年的行裱還要差勁。要知道這種藝術是慢工出細活的，沒有任何投機取巧終南捷徑。葉公超博士有鑑及此，所以在亞太地區博物館研究會上發表宏文，也就是希望宣導文化復興運動的先生們加以注意的，把千百年來經驗所積的純國粹的裱褙藝術維繫不墜，要能進而發揚光大起來，讓這種藝術不致失傳，那就更好啦。

午年話馬，馬到成功

中國自古以來，在想法上好像龍馬總是渾然一體，談龍必及馬，說馬也離不開龍。古代前人就把有實體的馬和無實體的龍同樣昇華加以神化，並且給馬賜以嘉名，稱之曰「天馬」。《周禮》更明白說出：「馬八尺以上為龍。」古書上更有「龍馬出而易興」的說法，漢武帝撰《天馬歌》，米南宮作《天馬賦》，陳摶老祖名句「開張天岸馬，奇逸人中龍。」唐三藏降服孽龍幻化成白龍馬，不畏艱難險阻完成萬里關山求取真經宏願。薛仁貴乘神馬東征高麗，班師跨海肅清叛將而安社稷。南宋時泥馬渡康王，才有宋室偏安之局。這些都是神龍天馬的事證。

唐代宗有匹名馬叫九花虯，每嘶群馬聳耳，身被九朵花紋，賜給了定國安邦元臣郭子儀。五代的朱溫有一匹良駒全身烏黑，通體沒有一根雜毛，賜名「一丈烏」。朱溫珍愛異常，結果在良馬配良將的情形之下，終於割愛賜給了寵將寇彥卿。從此可知古代君主為了羈縻部眾，時常會把名駒頒賜臣下以彰聖德而勵有功的。

《周禮》上記載：「天子之車駕六馬。」《漢書》上說：「陛下騁六飛。」唐太宗的昭陵六駿，在貞觀初年不但親自把「颯露紫」、「拳毛騧」、「白蹄烏」、「特勒驃」、「青騅」、「什伐赤」撰了一篇〈六馬贊〉，讓歐陽詢用八分書寫出來，在龍馭上賓的遺詔裡並且念念不忘讓丘行恭在陝西九嵕山昭陵勒石，足證前朝帝王對於名駒良馬是如何的愛惜重視了。

中國西南的四川，西北的新疆、青海都是出產名駒良馬的地方，可是養馬名家對川馬都加上一「小」字，叫小川馬。因為川馬跟新疆的伊犁馬確實有小大之分：一個是軀體玲瓏，蹄脛可彎，爬山越嶺，毫無礙難；一個是昂首闊步，鬃厚蹄堅，奔馳原野，快可追風。可惜川馬產量本來不多，加上後天調教飼養食水不足，因此繁殖力日益衰退。加之抗戰軍興，西南公路陸續開發，軍糈民用物資，漸次改用卡車，川馬慢慢更變成英雄無用武之地了。可是新疆就不同了，新疆全省可耕面積只有百分之三十，水源短絀，別的畜牧事業一直無法開拓，倒是馬匹得了天時地利，還能繁殖壯大。

新疆全省伊犁是馬種最好的地區，在新疆買馬，都講究買伊犁馬。伊犁馬雖然沒有西洋馬軀體高大，但是跑起來，一口氣能跑三百里，比起西洋馬只能跑一百五十里，耐力要長出一倍。所以楊鼎新（增新）主持新疆省政時期，俄國人用騾馬馱了土產來賣，回程總想把騾馬賣掉。那些俄國洋馬看起來雄姿英發、膘足馬大，可是新疆同胞除了哥薩克馬隊的馬以外，對那些中看不中吃的洋馬是從來不屑一顧的。洋馬耐力太差姑且不談，尤其是新疆草原有一種叢生野草叫醉馬草，本地牧馬人放青遛趟子的時候，馬都認識哪一種是醉馬草，知道避而不吃。可是俄國馬則不然了，不但不避，而且愛吃，馬一吃了醉馬草渾身發軟，疲憊不堪，要經過一天一宿才能恢復正常，馱貨上路。請想，成群的馬隊要有幾匹在平沙無垠的草原上臥槽，那有多傷腦筋呀！

中國各地販賣馬匹的商人，要買馬不是奔新疆，就是到青海去買。青海全省的面積，差不離有七十二萬平方公里，馬匹的數量雖然稍次於新疆，可是馬市反而比較集中。僅僅海源縣的兩三家牧場，每家就經常有三萬隻左右的馬匹待價而沽。逢到牧場放牧，萬馬奔騰，飄飛飆舉塵土遮天聲勢赫赫，有如地震一般。

大陸北方販賣騾馬的都稱之為「馬販子」，他們到新疆、青海甚至蒙古，整群的買了馬匹，再趕到各處去賣。在當年交通不發達，公路未修好，沒有卡車之前，貨物運輸長途跋涉，全是有賴騾馬馱運代步的。所以販賣馬匹這一行，雖然工作辛苦，可是能賺大錢，當年也算是大生意。馬販子到新疆、青海買馬，都是在春寒解凍的時候。資本雄厚的大馬販子買馬講究論溝不論匹，溝分大小，有三百五百匹一溝的，最大的有八百到一千匹一溝的。買賣成交之後，雖然根本用不著一匹一匹的點，可是一溝馬的確數，上下也不過相差十匹八匹而已。馬匹成交之前，先講明是買主自己趕，還是由賣主清溝交貨，兩者價錢大概要相差總價五分之一或六分之一。

據說高手的馬販子，先到溝邊相馬，認準這一溝馬裡哪一匹馬可以當頂馬（就是能夠帶領馬群的頭馬）。只要認準頂馬，先趕出溝，其餘的馬就乖乖的魚貫而上，一匹也不會走失短少。假如買馬的經驗不夠，把頂馬看走了眼，把普通的駒子看成頂馬，只要一出溝，這些野馬立刻咆哮炸群，四處狂奔。等師傅們揮動長鞭，把桀驁不馴的劣馬圍回來，走失的馬匹如果太多，這一批生意就沒什麼厚利可圖啦。所以技術稍差、相馬沒有十分把握的馬販子們，擔不起那麼重的干係，索性講定溝外交貨，雖然價碼高點，可是就無虞馬匹有炸群走失的情形了。馬販子到溝邊相頂馬據說也是有秘訣的。整個朔風刺骨的冬季，馬群都擠在溝裡避風過冬，霜雪結冰，衰草偃伏，良駒體健耐寒，蹄堅力大，遇有冰下水草，能用健蹄踏碎堅冰茹草飲雪，雖然一冬饑渴，然而比起一般駒馬仍然顯得昂藏不群，列為頂馬，馬群自然懾服。

金樹仁接替楊增新主持新疆省政，他的一位貼身侍從，早先是相馬高手，曾經相得一匹五花馬（毛色黑白相間的馬），腳力特快，獻給金氏而受賞識的。此人姓氏事隔多年已不記得，只記得金氏當面叫他「乞銀」，後來查過《佩文韻府》，才知道「乞銀」西番語就是馬的意思。

雲貴之間有一種行當叫馬幫，是養著大批騾馬，專門代客運送貨物的，幫規很嚴，禁忌更多，有些舉措很像早年鏢局子行徑。他們跑三天以內的里程叫短程，三天以上的叫長程。在對日抗戰初期，運輸工具不濟的時候，滇緬公路、川黔省路上也曾經仰賴成群結隊一兩百匹大馬隊支援軍糈民食呢。馬幫出發上路之前，先由幫主（他們幫裡叫他鍋主，或是幫頭）選定一匹能孚眾望、任重致遠的識途老馬帶隊，他們稱它為「頭騾」。如果大隊超過一百匹以上，還要選一匹副手又叫「二騾」。出發之前頭騾、二騾都拴上紅綠彩色轡頭，額懸明鏡，頸掛鑾鈴，金芒照野，超逸絕塵，真是威風凜凜。隨幫的夥計，如果是一百匹牲口，長程買賣，最少也得雇上二三十位夥計才能照顧得周到圓滿。甭說別的，二三十口隨身的衣服、帳棚、炊具就是一大堆，曉行夜宿，出發前備馬裝鞍、上馱子，夥計們真要大忙一陣子呢。

馬幫說話禁忌很多，那是任何一個幫會都有的現象。「湯」要叫「菜花」，「碗」叫「蓮花」，「筷子」叫「篙竿」，「柴火」叫「明子」，「睡覺」叫「入窯」。誰要是犯了忌諱，貨主愣是要另掏腰包，請全體幫眾打上一餐牙祭；要是幫眾犯了呢，輕者罰多幹苦活，重者就要罰上夜巡更啦，所以大家無不小心翼翼，誰也不敢粗心大意犯禁條。筆者摯友王同蔭、同義昆仲，抗戰時期服務某軍事單位運輸處，就時常跟馬幫打交道。第一次押運軍糈，馬幫首次給了他們一本小手冊，大概有二十多條禁忌。旅途走了十七天，兩人犯了四次禁忌，這趟公差把差旅膳食全賠光還不夠呢！

先伯祖文貞公最愛名駒良馬，他老人家有一對大宛名產「菊花青」，雄肌健骨，卓犖不群。別的車輛經過北平北海三座門金鰲玉蝀橋的時候，因為橋基長聳，跟車的必定要挽上勒下，唯獨這對菊花青所駕的敞篷車上不需挽，下不用勒。當年德國公使館也有一對棕色駿馬，公使夫婦也喜歡乘坐敞篷馬車逛街，有時兩車在文津街相遇，我們的車直上直下健步而前，他們的車可就辦不到啦。所以德使夫婦對於舍間的這對菊花青愛慕之極。後來洵貝勒載洵的大管事梁增，在西單牌樓大木倉胡同口外開了一家天福馬車行，特別訂製一輛結婚禮車，銀飾彩褓，雕雲九色，車門由正面開闔，新人上下隆重端莊。所以當時講究人家舉行婚禮，都願意租用天福的新式禮車，梁管事就時常商借舍間這對菊花青充場面。先伯祖故後，這對菊花青護送靈輀到京西核桃園塋地安葬之後，這兩匹名駒不飲不食，沒有幾天就雙雙癢瘵殉主了。桐城馬其昶前輩寫了一篇〈飛馬行〉，引起當時學者名流以及先伯祖生前同年友好，如陳寶琛、李盛鐸、黃體芳、寶竹坡、梁鼎芬紛紛以詩文詞賦紀實表揚。可惜那些彙集成冊的詩文都散失了。

北伐成功後，筆者住在上海新重慶路，臨近馬霍路，在寓所陽臺上就可以用望遠鏡看到跑馬廳賽馬的熱鬧情形。筆者雖然不喜歡買馬票，可是對於看賽馬則頗有興趣。馬霍路一帶有很多的馬廄，每當晨光熹微或是夕陽銜山的時候，三五成群的馬伕，都把馬牽出來遛彎。這時候輕褡緩轡，人馬意態都是輕鬆閒散。若是能跟一些馬伕一邊閒聊，一邊漫步而行，可以從馬伕嘴裡聽到許許多多豢馬常識。據他們說：馬場裡黑幕重重，為鬼為蜮的事實在說之不完。大賽的時候爭先讓位，馬師們搗鬼的花招千奇百怪。姑不談人，就拿馬來說吧，如果是匹名駒這次大賽奪標有望，侍候這匹馬的馬伕，前兩個星期就要眠食與共、寸步不離，來看好自己的馬。加水上料固然要特別小心，每天還要加餵一餐新鮮紅蘿蔔，馬吃紅蘿蔔等於人吃人參進補一樣，不但增加耐力，而且可提高速度。可是要特別防範別人餵它蘋果，馬是愛吃蘋果的，要是賽前有人餵它蘋果等於下毒，出賽時一下馬道子，立刻勁道全失，只有看著別的馬絕塵而馳了。更有些不道德的騎師，賽前給自己馬偷偷打一針嗎啡，給別人的馬暗中注射鎮定劑，或是在馬鞭子上加鋼針打短刺。不過這類事情要是讓賽馬會查出來，不但騎師不准出賽，事態嚴重的甚至被馬會永遠除名。雖然處罰如此之重，可是仍舊有人以身試法，希望僥倖成功的。

上海跑馬廳的馬伕如果馬主的馬懷孕生產，多餘的馬奶向例歸馬伕出售，算是馬伕外快。上海賣馬奶並不吆喝，在馬脖頸上繫一銅鈴，鈴聲叮噹，馬就施施而來了。馬奶入口微酸，沒有牛奶好喝，可是當時上海有名的西醫臧伯庸、曹子清，中醫夏蔭堂遇到下肢痛風的病人，必定是勸病人多喝馬奶。一般人都嫌馬奶酸難下嚥，夏蔭堂告訴病家，馬奶裡放幾粒炒焦的松子仁，果然就不泛酸而且隱泛奶香了。

民國二十二年筆者正在武漢工作，元旦那天清早，平漢鐵路局幾位名票何友三、費海樓、章曉珊、南鐵生都到舍下來拜年，拉了筆者一齊去中山公園迎春兜喜神方。哪知一進公園，就碰到印花菸酒稅局的一位廖君，他全副騎師裝束，好像就要出場賽馬。一問究竟，果然廖君新近加入騎師公會，特選定元旦吉日，正式下場舉行處女賽。他未經我的同意，就塞給我十張他的馬票，筆者雖然愛看賽馬，可是無論在平津或是武漢、上海從未買過馬票，這次礙於情面，只好花個二十塊錢買下來。想不到這場廖君居然跑了個頭馬，因為他是新人新馬，知者不多，算是爆出冷門，一張票子可以分到六十多元獎金。元旦歲首，福自天申，意外進財，自然是要請同來各位，於是在漢口大吉春吃了一頓豐盛的春卮。

費海樓是專攻小丑的，平素最愛詼諧，他說您那位朋友太不夠意思啦，早知如此，要是事先遞個話兒，咱個每人買上十張八張的，豈不皆大歡喜了嗎？費君的話雖然是句笑談，可是筆者確得到了一些啟示。一般馬迷談馬經，論騎術，講場地，分里程，個個說得頭頭是道，其實只要摻雜了人為的因素，一切就都不要談了。

古今畫家喜歡畫馬的不少，唐玄宗時代的韓幹就是最古的畫馬名家。此外林風眠、劉海粟以及現代的葉醉白各位所畫的馬，讓人看了都有一種天馬行空、超然物外的感覺。

依據中國古籍的記載，漢將張飛有一匹馬，名「玉追」，又叫「豹月烏」，霸王項羽座下的烏騅，還有唐太宗平劉黑闥所乘的拳毛騧，都是腳程快、耐力強而雄健高大的名駒。可是，蘇格蘭奧克尼群島謝德蘭地區偏偏出產一種最小的馬，身高只有四十英寸，這種馬的特徵是前顎寬廣，斜肩塌腰，全身矮胖健壯，四條腿骨勁肌豐，鬃毛、尾毛都特別軟厚。以往島民除了用這種馬馱載貨物外，就是用來作鬥馬。因為這種馬繁殖力不強，當地人漸漸知道愛惜這種小馬，大都賣給動物園當寵物和兒童們騎的馬了。現在高雄縣旗山的花旗山莊動物園就有這樣兩匹小馬，他們說是丹麥進口的，叫它「迷你馬」，其實就是英屬謝德蘭馬。中國人從古到今講究高頭大馬，我想愛馬的朋友，看了這種袖珍型的小馬，一定感覺新奇有趣吧！

《易經》有云：「馬壯，吉也。」孔子說：「驥不稱其力，稱其德也。」都是禎祥的象徵。歲次戊午，自助天助，萬眾一心，馬到成功，就應在馬年了。

從香港滿漢全席談到清宮膳食

最近，一家日本電視台為了攝製一部中國烹飪影片，在香港國賓酒樓訂了一桌滿漢全席，由著名模特兒達木麗莎主持，參加飲宴的有電視明星美濱子、影星天地稔子、作家小林西星、漫畫家東海林以及TBS電視台七位高級職員一共十二人。這桌盛筵吃了四十八小時，全部費用十萬元（折合美金兩萬元），僅僅到各處採辦稀有的材料就用了三個月時間，動員了二十二位名廚，配置成七十道名菜，分成兩日四宴。

第一天午餐叫「玉堂宴」，菜譜是「鷓鴣肉糜」、「甕醞瑞蹄」、「杏酪凝脂」、「麒麟素胎」、「高官燕喜」、「天錫鴻釐」、「金榜題名」、「二甲傳臚」、「龍運吉祥」九道大菜；晚餐叫「龍門宴」，菜譜是「雁塔題名」、「御扇生香」、「王侯扣冠」、「回鍋大翅」、「一掌山河」、「雪菊瑞龍」、「滿堂吉慶」、「福祿鴛鴦」、「琅玕鹿脯」、「九如獻瑞」十道大菜。

第二天午餐叫「金花宴」，菜譜是「鳳池波暖」、「維揚菁蜇」、「夢筆生花」、「泮水芹香」、「太極鴻圖」、「力拔千鈞」、「桂耳雀舌」、「如意雙雞」、「龍船海參」九道大菜；晚餐叫「鹿鳴宴」，菜譜是「龍鳳交輝」、「紫帶圍腰」、「袖掩金簪」、「牡丹鳳翅」、「崑崙網鮑」、「海屋添籌」、「燒蛤兒巴」、「松鶴遐齡」、「月影靈芝」、「巨海皇鮮」十道大菜。

這四桌筵席一共是三十八道菜，加上「王母蟠桃」、「上林春景」、「漁樵耕讀」、「爵祿封侯」、「和合二聖」、「三星拱照」、「八仙過海」、「五福獻瑞」八色用麵粉揑製的供品，另外還有四京果、四生果、四水果、四蜜果、四看果，總共是七十樣菜式。酒樓負責人表示，全部菜譜是從古籍中考證而來的，餐具也特別遵古仿製，全部鍍金，所可惜者，猴腦一味格於香港法令，未能入饌……。

照以上的說法，如果當初滿漢全席真的是這樣窮奢極慾，那我們中國豈不成為只圖享受、揮霍無度的民族，而不是懂得飲饌藝術的泱泱大國了。

我們先看轟動海內外的香港國賓酒樓這桌滿漢全席菜單。以菜式來說，既像念喜歌，又像祝壽詞。當年滿漢全席，不管是歸光祿寺擬，還是由內務府定，能否把似通非通的詞句定為菜式名稱，實在不能令人無疑。當年廣州、港九、上海各地的廣東酒樓，遇到有人訂酒席請客，喜歡把菜式起些不倫不類的名稱，弄得精於飲饌的食客也是一頭霧水，非得請教堂倌，否則為雞為鴨、是葷是素也分不清呢！

這次滿漢全席兩次午餐都是九道菜，兩次晚餐都是十道菜。照目前一般情形而論，一桌酒席上個九道十道菜，並不能算菜式太多，不過有些不經見的山珍海錯，像象鼻、雀舌、鯨魚、鯊肚、鹿尾等，紛紛入饌，弄得人眼花撩亂、莫測高深而已。至於猴腦一味，格於香港法令，沒能治饌享客表示遺憾一層，照一般人傳說，吃猴腦要把猴頭剃光，身穿錦衣，桌心開洞，嵌緊猴嗓，引錘一擊，大家掬血而飲；那種慘不忍睹的活劇，能列入莊嚴肅穆的國宴中嗎？

以筆者所知，中國歷代皇朝，對於宮廷飲食記載，大都約而不詳，就是近年民俗叢書出版的「飲食篇」，雖然說是集唐宋以來茶酒、肴饌、蔬果之大成，可也不能算是一套詳明完整的專著（因為有關清朝飲饌方面實錄，都未收入此篇）。

吳相湘教授說過，他曾經看過故宮珍藏的清代膳食檔冊，自乾隆以後，大都完全。每日帝王御膳進用時刻，膳品名目，治膳廚役姓名，用膳多少，臨時加傳膳品名目，用膳剩餘分賞何人，均詳列檔冊。另外清宮膳檔還有一項記載，是乾隆朝高麗國進貢各種海味，中有海參二百斤，總管太監奏報說：「奴才們侍候萬歲爺賞人用。」不交御廚做菜用而賞人，可見在乾隆時代，魚翅、海參都沒有作為天廚上食。所以有人說清宮菜單，在乾隆以後才有魚翅列入，可能是不假的。康乾時代正是清朝物阜民豐的全盛時期，屬國貢奉朝覲使臣，絡繹於途，當然國宴開的次數也最多，此時如果沒有靈肴珍異盛食上味，到了嘉慶、道光國勢已蹙，就是偶張國宴，款宴來使，恐怕也不會超過康乾吧。

有人說，慈禧晚年窮奢極侈，一道晚餐，多達一百二十八碗菜。同治元年十月初九穆宗即位，正逢慈禧萬壽，那時候她是母儀天下了，御膳房申初二刻在養心殿侍候的晚膳一桌，菜單上寫明用海屋添籌大膳桌擺黃膳單。火鍋二品：豬肉絲炒菠菜、野味酸菜；大碗菜四品：燕窩「萬」字紅白鴨絲、燕窩「年」字三鮮肥雞、燕窩「如」字八仙鴨子、燕窩「意」字十錦雞絲；中碗菜四品：燕窩鴨條、鮮蝦丸子、燴鴨腰、溜海參；碟菜六品：燕窩炒燒鴨絲、雞泥蘿蔔醬、肉絲炒翅子、醬鴨子、鹹菜炒茭白、肉絲炒雞蛋。照這桌壽筵來看，所用材料，除了燕窩配用較多外，各種菜式一直在雞、鴨上打轉，魚類無一入饌，魚翅僅僅列入碟菜熱炒。平心而論，比現在一桌鮑翅席還有所不如呢。

清朝膳食檔冊，筆者雖然沒有見過，可是從歷代名臣札記書簡裡，時常有太和殿賜筵的記載。凡是年節萬壽，各項恩榮掄才喜慶大典，向例都要在太和殿大宴文武百官，同申慶賀的。要是逢到鄰邦屬國進貢來朝、平亂獻俘慶功兩項國之大事，才很隆重的舉行一次盛大國宴。賽尚阿著《雲笈七錄》裡有一段形容國宴的奇矞夐麗說：「飾則鋪錦列繡，劍戟粲目；食則膳饈酒醴，甜醹紛投，清罄搖穹，鈞天樂奏。揚我天威，懷柔遠人。」可見當時國宴的水陸雜陳，絲竹並進，是別有深意存焉的。說句俗話就是擺擺譜兒，給他們來瞧瞧。

當年故宮博物院開放參觀，永壽宮曾經陳列一張宣統未出宮時早膳菜單，計開：口蘑肥雞、三鮮鴨子、五綹雞絲、燉肉、燉肚肺、肉片燉白菜、黃燜羊肉、羊肉燉菠菜豆腐、櫻桃肉山藥、爐肉燉白菜、羊肉片川小蘿蔔、鴨條溜海參、溜鴨丁、葛仙米、燒茨菰、肉片燜玉蘭、羊肉絲燜疙瘩絲、炸春捲、韭黃炒肉絲、燻肘花、小肚、滷煮炸豆腐、烹掐菜、花椒炒白菜絲、五香絲、祭神肉片湯、白煮賽勒、煮白肉。這個菜單除了白煮賽勒不知是什麼菜外，其他菜式雖然有二十多種，大都粗劣平常，不成格局，甭說沒有駝峰、猩唇、八珍一類貴物兒，就是魚翅、網鮑等普通海味，菜單上也不經見。一般人總認為宮廷飲饌是如何靡費浮誇，以此類推，就是早年宮廷大宴，也沒法跟香港的滿漢全席來比的。

民初清宮裡總管內務的，仍然叫內務府大臣。有一次舊任耆齡跟新任世續新舊交接，移交附冊有一份光祿寺《大宴則例要錄》，滿筵、漢筵固然各分等類，就是滿漢全席也分上、中、全三等。上筵一百八十品，中筵一百五十品，全筵一百三十品。可惜當時看見清單的朋友基於好奇，匆匆翻看了一下，只記得上、中、全三種滿漢全席的品數而已。

民國二十二年筆者有蘇北揚泰之行，鹽商李振青前輩住在揚州金桂園飯館對門，振老藏有一軸乾隆南巡長卷，趁筆者到金桂園赴宴，堅約到他家品鑑一番。李府上代跟乾隆丁丑正科探花鄒奕孝有姻誼，手卷是當年的聘禮。這些工筆人物長卷大都出自內廷供奉手筆，只要看畫的裝裱，金鉤觶帶、玉琯懸璜，就知是百年以上的內府藏珍了。在鏤漆描金的畫匣中墊著一張黃色龍紋紙的單帖，上面字體都是木版鐫刻，然後印上去的，敢情是一張御用膳食禮單。乾隆畢生有十二次南遊，三下揚州，這張禮單雖然沒有註明年月，無疑是清帝南巡供應御用的一份食單。既然用木版刻印，一定印了若干張，料想是不會假的。單上開列：計大海十件、中海十件、小海十件、燒烤十件、滷臘十件，蜜餞二十件、熱炒二十件、中小冷盆二十件、乾果十件、鮮果十件，共計一百三十件。附註另有看碟二十件，所謂看碟可能就是香港國賓酒樓的看果了。可惜這個單子僅列件數、品名，沒列菜名、菜式，由此可知乾隆南巡，淮揚鹽商巨紳是如何地竭盡所能鋪張供應，比起朝廷大宴用的滿漢全席上筵，恐怕只有過之而無不及了。民間傳說滿漢全席如何豪華奢靡，可能由此而來。

這次香港國賓酒樓把滿漢全席命名為「玉堂宴」、「龍門宴」、「金花宴」、「鹿鳴宴」，全是科舉時代科考傳捷的吉祥話。其實當年只有重宴鹿鳴時是用「鹿鳴宴」，狀元及第賜宴名為「恩榮宴」，而且都不屬於滿漢全席範圍。「玉堂」、「龍門」、「金花」等名稱想必是酒樓方面現想現抓的名詞吧。予生也晚，既沒見過滿漢全席，更沒吃過，有關滿漢全席種種，也都是些東鱗西爪如是我聞，尚請各位高明有以教正。

華筵餕餘

據香港娛樂界透露，十一月二日三日兩天，日本TBS映畫社的演藝高級職員，為了拍攝一部滿漢全席紀錄片，除了港日飛機票、演職員食宿，跟這部紀錄片的製作費用之外，單是那桌酒席，就花了港幣十萬元。這麼大的手筆，不但震撼了港九，就是東南亞各國人士看了這段新聞，也覺那班暴發戶的日本人，真是太燒包了（不存財的意思）。其實拆穿了說，以一個龐大電視機構來說，廣告如果滿檔，區區一二十萬港幣，根本算不了一回事，不但一切花費綽綽有餘，如果讓日本飲食業能把那些珍饈美味的烹調技術學了去，那此次賺的錢，還要「木老老」（滬語「多」的意思）呢！

這桌滿漢全席，臺灣報紙刊載，動員了二十多位名廚，可是由誰來主廚呢？倒是引起了筆者的興趣。經向港方調查所得，是由一位姓梁名藻的大師傅主廚。梁師傳這份手藝，聽說得自兩廣水師提督李直繩（準）軍門府中廚師「梁生」的衣缽真傳。梁藻當年跟名師看過、學過、吃過，所以這次才敢擔此重任。

至於這次席面上陳列的四十餘件用麵粉捏製的供品，滿漢全席稱之為看果，清宮膳食單又叫看碟，香港的雜誌曾經把其中最精彩的四件（「碧水金鱗」，是兩條栩栩如生的龍睛鳳尾魚。「喜慶珠聯」，是一個老婆婆看見她的母豬一胎生了十多頭仔豬。「金龍絢彩」，是龍潛巨浸，雲光閃爍，花浪翻風。「獨占鰲頭」，是祥鰲顧尾，抱月飄煙）分別拍了彩色照片刊登出來，這些供品出自一位何佳師傅的精心製作。

席上各種滷味燒臘，又是出自嶺南燒臘梅博的傑作。據國賓酒樓負責人說：「這一次滿漢全席實際是動用廚師百人左右，另外還請一位退休多年趙不爭師傅當顧問。趙師傅曾經處理過滿漢全席，有多次經驗，所以這次特地請他來加以指點。」

趙不爭師傅說：「滿漢全席，真正是靈囷蟠木，山珍海錯，包羅萬有。以類別來分，大致可分為『飛』『潛』『動』『植』四大類：『飛』是指飛禽，包括白鶴、鴛鴦、山雞、水鴨、鷓鴣、鵪鶉、竹雞、斑鳩、貓頭鷹、白鴿、燕窩等等。

『潛』是指海產，包括龍蝦、大蝦、網鮑、排翅、山瑞、海狗魚、桂花魚、嘉魚。潛類裡最難得的是鱘龍魚，而且是滿漢全席的必需品，因為菜式裡有道菜叫『龍運吉祥』，是用巨大鱘龍的腸子做的。這種『龍腸』已絕跡四十多年了，這次是打聽到有位美食專家還藏有晒乾龍腸十兩，託人情商結果，因為人情面子所跼，以港幣二百元勻了二兩，才能登盤薦餐，與宴的各位仕女，可算口福不淺。『動』就包括的更多啦，比如熊掌、象鼻、猩唇、駝峰、果子狸、鹿尾、山豬、豹胎、駝蹄、猴腦等種類一時也就數不清了。至於『植』則是各種乾鮮菜蔬，像竹筍、石耳、冬蟲夏草、名貴蘑菌，越發不勝枚舉。這桌滿漢全席，除了無法羅致的材料外，凡是能搜求到的，無不盡量設法弄到以襄盛舉。猩唇因為當時缺貨，無法供應，猴腦格於香港禁令只得放棄，駝峰雖然已經訂貨，可是TBS映畫社不喜歡這道菜，所以也取消了。」

照趙師傅所說情形，縱或滿漢全席真的是那些靈肴異味，經過日本人的挑挑揀揀，再加上有些東西缺貨，恐怕也不是最初滿漢全席的石髓玉乳，珌果璇蔬啦。

有人透露，這席華筵，龍門宴是靈異所萃，最為絢麗，除了一道雪菊鱘龍的龍腸是稀世之珍外，「一掌山河」的熊掌就重達十五磅，用文火燉了三天，加上沙雉、禾花雀、斑鳩、鵪鶉、山雞、鶻鷹所謂六禽作配料。上菜時熊掌捋六禽，因此叫「一掌山河」。這道菜在高價粵菜大宴上也有人吃過，羊脂溫潤，厚而且醇，倒不是徒擁虛名的一味正菜呢。

據曾經參觀過的人形容餐廳布置，雲母螺鈿，酸枝臺椅，堆金砌玉屏風，尊彝罍卣，哥瓷汝甌，樹石盆栽，宮薰爐鼎之外，銀飾彩仗，紫絲帉鍺，各綴蒔卉鮮葩。王維詩所謂「九天閶闔開宮殿」，宋臺梁館恐怕也不過如此吧。

賓客既快口福之樂，當然不能無視聽之娛。盛筵宏開，八音競奏，古樂迎賓，並由長衫馬褂堂侍高唱芳銜，依序在芬芳漚郁、水泛柔香、犀玉鏤金水盤淨手，然後肅客入座。每進一簋，也由堂侍唱出菜名，並且解釋內容（**可惜不知當時是用什麼語言報菜**）。筵席所用杯盞器皿一律都是仿古鍍金。這一堂近年來香港最豪奢的華筵，分成兩天足足吃了四餐，才算結束禮成。

與宴的豪客有人說，象鼻吃起來味道像紅燒牛肉。熊掌雖然味濃質爛，可惜就是膠質太重。有幾位女明星說，其中最好吃還是明爐乳豬，尤其烤乳豬皮，迸焦酥脆，耐人咀嚼。總而言之，整桌酒席都是有美皆備，無麗不臻，只可惜一般人胃納太小，沒法子一一容納消受罷了。

最有趣的是香港電視明星薛家燕女士，她是香港影劇界最講究飲饌的美食聞人，對於這次滿漢全席欣羨不已。她說：「如果公司要我拍一個這樣的特輯，我寧可什麼報酬都不要了，因為可以大快朵頤呀！」馮寶寶說：「人一世，物一世，有機會真的要一試滿漢全席，不過十萬港幣才能嘗到似乎太貴，中下人家一世也賺不到這筆錢呀！」

由她們兩人的話，可見港九仕女對於這席盛筵是如何的嚮往了。現在已經席終人散，可是餘音裊裊，飲食界的朋友，大宴小酌仍不時拿它當談話資料呢！

趙爾巽收服張作霖

旡補老人趙爾巽（次珊）是光緒年間的翰林，做過東三省總督，民國後袁項城尊為「嵩山四友」，主修《清史稿》，任清史館館長。北洋軍閥時代，趙爾巽、王士珍被稱和合二佬。民初到北伐成功，北平城郊鄉鎮歷經兵燹，而城裡安堵如恆，姑不管史學家對趙的論斷如何，但北平的老百姓提起趙次老都是肅然起敬的。

清末民初，東北的紅鬍子、西北的白狼都是地方的大患，趙在東三省總督任裡，正是鬍匪在東北拉大幫鬧得最猖獗的時候。朱子橋（慶瀾）那時在趙的麾下任統領，銀槍白馬，雄姿英發，有白袍小將薛禮的雅號。當時鬍子裡以張景惠、張作霖兩股勢力雄厚，各踞一方。有一次張作霖連著打劫糧車餉銀，並且殺傷官兵十多人。趙大怒之下，嚴令朱子橋把張作霖逮獲歸案。

朱率所部四處追緝，有一次在某地跟張作霖相遇，展開了一場搏殺，作霖見勢不妙，突圍而走。朱一馬當先，趕緊追趕。張騎馬竄進荒山，朱仍窮追不捨，越追越近，張忽然回馬橫槍說：「相好的，見好就收，甭追啦！姓張的今天是放你一馬，別盡惦記升官換紗帽呀！」朱聞聽之下，一摸頂戴，果然頂子沒啦。張的槍法如此神奇，朱知難力敵，只好勒馬回韁，頹然而返。

趙次珊鑑於張作霖有膽有識、剽悍勇武，須以智取，於是設法找到線索，委屈籠絡安撫招降，終於在黑山談妥條件，張果然率眾來歸。走到奉天城外，日已偏西，作霖堅持要在城外住宿，第二天清早進城，差官只好聽他。當晚作霖假裝肚子痛，在炕上翻滾，差官問他是否要抽大煙？張說大煙不能止痛，要止痛非吃五十隻白菜雞舌頭餡煮餑餑不可（**東北人管水餃叫煮餑餑**），這是他止痛秘方，屢試不爽。差官一算計這頓煮餑餑，非宰一百多隻雞的舌頭，才夠勉強拌餡兒，於是進城請示次帥。哪知趙次帥聽了之後，哈哈大笑，毫不猶豫，讓快馬傳知立刻照辦。於是各處搜羅小雞，殺雞割舌做餡，忙到天亮，才把五十隻餑餑煮好端上來。張吃了兩三隻，立刻把筷子一扔，自動請求加上手銬、腳鐐，進城一上總督衙門大堂，立刻跪下磕頭輸誠。次帥親自下位解下鐐銬，讓他隨軍當差效力。

後來有人問張作霖何以忽然想起吃雞舌頭餡煮餑餑，張笑著說：「百把隻雞都捨不得宰，還談什麼有誠意沒誠意！既然一口答應照辦，足證老帥確實有愛將之意，我才戴上大八件轅門投誠，否則的話，一跺腳我就起了黑票啦。」由這件事看，張作霖雖然出身草莽，可是機智、膽識都非常人所及的。後來張在東北聲勢日隆，儼然關外王，張的北平行轅設在順承王府，每次進京，都是警蹕森嚴，黃土墊道，淨水潑街。可是每來必先到北兵馬司趙次帥公館請安，還是老規矩不用名片遞手本，雙摺大紅稟上寫「沐恩張作霖」幾個大字。他對趙次帥感恩圖報，崇敬師長終身不衰的精神，實在非常難得。

多子王證婚忙

以前上海商會會長王曉籟因子女眾多，大家叫他多子王。一般人家舉行結婚典禮，都喜歡討「多子」這個口彩，請王曉籟福證。王交遊廣闊，在上海交際場合，是著名有求必應的爛泥菩薩，差不多天天都要給人證婚，逢到節日，或者黃道吉日，一天給人證個幾次婚乃是常事。喜禮雖只送喜幛一懸，可是架不住家數多。王曉籟平素只是兜得轉而已，並不是真正富有，日積月累，這筆送喜幛應酬費可就非常可觀了。

大家知道之後，有人給他想出一個絕妙送禮辦法，哪家請他證婚，他只做一份喜幛上下款送給辦喜事的人家，由本家自備喜幛懸掛中央，這麼一辦，可真給王會長節省不少開支，解決一項頭痛問題。

王因應酬太多，給人證婚，一聽婚禮進行到證婚人退，就趕快鞠躬下臺再趕一場，所以他也極少證過婚坐下大吃大喝過，主人家覺得情誼未周，請證婚人定個日期送一桌酒，或是外會或是堂吃，確實給王會長解決了若干問題呢！

梁鼎芬終身不修腳指甲

梁鼎芬（節庵）雖然是廣東人，可是魁梧奇偉，方面濃髯很像北方人，他少年早第，才氣縱橫。甲午之戰，他認為是李鴻章因循延誤喪師辱國，列舉十大罪狀，具摺參奏，西太后恨他出言無狀指責過深，罷黜永不敘用。他於是隱居焦山，讀書自娛，他自己刻了一方「年二十七罷官」的圖章，凡是詩酒酬和，他都印上這方圖章自勉。

等到德宗駕崩，他又跑到西陵梁格莊廬墓三年，有人說他過分做作，可是能夠布衣粗食，在一間聊蔽風雨的茅屋一住三年，也不是一般人所能做得到的。民國肇建，宣統仍住內宮，一般遜清遺老鑒於梁的孤忠志節，請他跟陳寶琛、朱益藩每天進宮授課，梁的不苟言笑，使得宣統對他最為畏憚。梁一副銀髯飄拂，年過五旬即需隨從攙扶，才能邁步。

後來他的聽差透露，他從二十七歲罷官起，就沒剪過腳指甲，所以指甲越長越嵌入腳心，足掌不能全部落地，必須有人扶持，用腳後跟走路，所以顯得特別龍鍾老邁。究竟梁髯是什麼理由不剪腳指甲，就是他少君梁思孝也說不出所以然呢！

初試金龍牌香煙

臺灣省菸酒公賣局產品長壽牌香煙，在東南亞各國來說，論包裝、印刷，或許沒有日本香煙來得精緻細膩，如果談到香煙的香味，可以說是鰲頭獨占。您要是到東南亞各國，尤其是日本，去公幹或旅遊，送朋友一條長壽牌香煙，比送什麼禮物都讓對方珍惜高興。菸酒公賣局自從出品長壽牌香煙之後，可惜有十幾年都沒有新牌子問世了。

最近公賣局出了一種屬於特高級的「金龍」香煙，一吸之下，不但煙味清浥柔和，可以媲美英國「三五」，就拿捲製技術來說，也是鬆緊適度，不截火，不空虛。照這樣的品質，如能持之以恆，永不改變，不但能夠發揚光大，增加政府的庫收，同時更能給走私進口的洋煙一項最嚴重致命的打擊。

這次新產品煙枝的長度，公賣局真能從善如流，有了很大的進步。當年長壽煙初初問世，抽慣了英式、美式香煙的人，覺得長壽煙味不錯，有若干人本想改抽長壽，可是點著一抽，老有煙枝長度不夠尺寸的感覺。因為濾嘴一短，煙抽到後半截，就有一股子煙油子味啦。其實照經濟眼光來看，菸葉的成本，比濾嘴的成本要貴得多，大約是受了捲煙機的限制，十多年來屢屢有人向公賣局建議把長壽煙的煙枝加長，可是始終未蒙採納。這次新產品金龍香煙煙枝毅然加長，能跟英、美煙枝比美，在癮君子們來看，實在是一種進步的表現。

這次金龍牌紙盒圖案設計，完全仿照「黑貓」，易「黑貓」為「金龍」，既明晰又醒眼，可稱是個聰明取巧的辦法。同時盒蓋啟閉，靈活自如，也不像「總統」、「寶島」兩種二十枝裝煙盒，有打開後關不嚴、關嚴後打開又費事的毛病，給抽煙的人增加不少便利，更增加個好的印象。

不過有兩件小事，本著春秋責備賢者的意義，盡美矣再求其盡善的心理，提出來作參考。

第一，煙枝上的鋼印本是表明煙枝身分的標誌，尤其是英式香煙更特別重視鋼印的雕麗工細。我們如果回想一下當年茄立克香煙人首獅身的鋼印，那是何等的矞彩壯美呀！所以金龍牌既然是我們臺灣的特級品，煙枝鋼印也應當力求精美。在一個金粉印的圓圈裡刻一個篆體「龍」字，在身價分量方面似乎有點不相稱。如果把盒面上畫的金龍縮小製成鋼印刻在煙枝上，飛龍在天，光彩騰耀，就堂皇富麗多了。我想松山、臺北、豐原三家菸廠都訓練了不少刻鋼印的高手，做幾個飛龍鋼模，在技術方面應當是沒問題的。

第二，煙枝是使用白色螺紋紙，配上淺絳花斑過濾嘴，比起長壽煙的白紙白嘴已經醒目多了，再粗心的人也不應當吸錯了頭。現在「金龍」反而又多加上一粗一細兩道紅線，在計算生產成本方面，多加一道工，我想成本也要增加，為了降低成本，這兩條紅線有點蛇足，似乎可以取消。假如加兩條紅線，並不增加成本，我想把長壽煙過濾嘴上不十分顯眼的綠條，改成紅線豈不是更有意義嗎！一愚之得，我想，凡我吸煙同志都會贊成的。

一段觀氣見鬼的傳奇

現在科學雖然日漸昌明，可是無論中國、外國怪力亂神的事兒還是所在多有。一般靈魂學家用種種方法，據說能夠跟鬼魂靈感交通，確認有鬼的存在。可是同時有若干事物，如果以科學眼光來衡量判斷，似乎又在可解不可解之間。所以只能說今天科學的發展尚未足以解釋這類情理無法解說的事，只能暫時存闕存疑了。

下面有一段事實，是筆者親身經歷的。民國十四年北洋時期，內務部褒揚司有位新到任科長黃同生，既能看氣又能見鬼。筆者彼時正當血氣方剛，好奇心盛，經一再懇求次長王嵩儒片介，約了精研命理的合肥李芋龕同去。

黃科長家住西鐵匠胡同，住宅是一所四合房，當時正是夏季，我們是下午四點多鐘前往拜訪的。據說日將西沉前往看氣時間最為恰當，中午日正當中，光線過強，上午陽氣太盛都不相宜。

據黃科長說：「我是二十八歲那年，忽然覺得雙眼又癢又痛，雖然找了若干眼科名醫，可是越治越壞，幾近失明。後來有人說河北省定州馬應龍眼藥，治療眼科各種疑難雜症有奇效，於是託人買個幾瓶照方搽用，居然沒有多久把眼睛治好。從此眼前總有煙雲繚繞，人影幢幢，可是碰不到，又摸不著，自己體會到一定是鬼物。起初心裡非常害怕，於是每逢行動不分晝夜都點起一枝蠟燭，兩眼注視著燭光，來減少內心的恐懼，過了大半年，漸漸習慣才不燃燭而行。」

談到看氣，他說：「每個人頭上都有一股子氣體，往上直衝，以顏色來分，有紫、紅、黃、白、藍、灰、黑幾種顏色。以氣質來分有長有短，有粗有細，有濃有淡。積聚若干年我的觀察所得，根據物稀為貴的原則，就顏色方面來說，紫色最為少見，袁世凱跟陳寶琛都是屬於紫色，可是紫色不濃罷了。名利心比較重的人大半屬於紅色。黃色的人又都工於心計，只圖利己不顧別人，平劇裡把王僚、宇文成都的臉譜畫成黃色，真是不謀而合太巧了。白氣的人十之八九是淡泊名利、心中坦蕩的高士。藍色的事業心重，勇往直前不太在乎成敗。至於灰色不外體虛氣弱、身體有欠健康的特徵，全是由別的顏色轉變而來。至於黑色是在各種顏色裡最壞的一種了，不但品德欠佳，而且心狠手辣，所幸頭上冒黑氣的人並不太多，否則天下必定更亂，讓人睜不開眼了。

此外，氣的長短粗細跟人的壽元長短心思粗細也統統看得出來。一般正常人的氣，都有四五丈長。一間屋子裡人一多，彼此的氣互相虯結盤繞，感覺氣悶，要打開門窗透透氣，大家立刻感覺舒暢就是這個道理。有的人氣細而長，表示此人心細有耐性，壽元也長。要是長而且粗，這個人當然是神滿氣足直往直來的魯莽漢。曾經有位同鄉介紹名報人邵飄萍來談點事情，邵的頭上是黑白相間的氣，而且頭頂上的氣，不是源源上衝，如同點燃太平花筒，火花時斷時續，雖然看出邵的壽元不會太久，可是交淺不敢言深，又是來談公事的，更不敢惹人不快。結果邵飄萍果然因為一篇諷刺張宗昌的文章，不久被張拘捕槍決啦。

談到鬼的問題，芋龕兄首先問到《左傳》上故鬼小新鬼大的說法正確不正確，黃科長認為這個問題問得非常之妙，從來沒有人問過這個問題。他說：「就多年觀察所得，並不是每個人死後一定都有魂靈，都是些凶死暴斃的人，驟然殞命，死後三魂七魄不能立刻消散，才有所謂鬼的存在。至於年老力衰，或者疾病纏綿床笫多時而死，迷茫縹緲，魂魄也就隨風而逝了。新死的鬼魂，據我所見，確實跟生前身材大小不差，而且面貌清晰如生，久而久之，不但縮小也越來越淡。有時候馬路上有輛汽車疾馳而過，鬼影躲避不及，一被撞散也就歸於烏有。有人認為鬼一定都躲在空屋陰暗的地方，其實不然，反而人多的地方才有鬼。雖然鬼不敢碰人，可是也不願離開人太遠，咱們不了解真相，好似人多氣盛的地方，對鬼影的維持是有幫助的。尤其放過鞭炮後，煙硝氣味濃烈，群鬼蝟集不散，更令人不解。」

筆者問他，故去親屬友好，曾否遇見過，仍否相識？黃科長說：「最親跟最好的親戚朋友，我只看見過嫡親姑母跟同班至好袁公英同學兩人，神態僅介乎似曾相識又不相識之間，當時心神一震慄，也就不知所之矣。」

芋龕兄又問黃科長曾否看見過神佛。黃說：「有一次我在廣和樓池座聽富連成小科班唱戲，忽然覺得身後暖烘烘的烤人，回頭往樓廳正座一看，有一位容儀高古，望之儼然，朱服相貂的偉丈夫居高而坐，一股子天地浩然正氣，不覺肅然起敬，猜想大約是文信國、史閣部一類殉國孤忠，神遊至此。另一次是在參加一位親戚家喪禮，晚間由法源寺一位大和尚登座唪經放焰口，午夜照請時份，陡然虹霓貫月，瑞彩燭天，雲端出現一位正覺尊者袒裼裸裎，瓔珞被體，寶相莊嚴。仔細凝視，敢情祥雲閎繞中，無男相無女相，這一逼視不要緊，因為佛光強烈，好像配眼鏡放大瞳孔一樣立即失明，經過一二十天之後視力才逐漸恢復。」談到此處打攪了

故園情(上)

將近兩小時，只得辭謝出門，已經是歸鴉噪晚的時候了。黃科長告訴我們，離我兩丈多遠電燈桿子後面，就有兩團鬼影，邊說邊指，令人生出毛骨悚然的感覺。

我看電視

——誰說：都是油鬆大辮子？

自從臺灣電視公司正式開播，咱就天天看電視，接著中視、華視先後開播，三家電視台的節目真是爭奇鬥豔，各有千秋。對咱來說，哪家節目合咱的胃口，咱就看哪家。積十多年看電視的結果，多多少少總有點個人看法，現在寫點出來，請各位高明的觀眾加以指教吧。

看電視咱先不去研究寓教育於娛樂，還是寓娛樂於教育一類大問題，可是每天午晚兩次新聞，為了了解國家大事、社會動態，總是列為必看節目的。

中午播映時間，只有縮短的一小時，我們不去說它，可是晚間新聞氣象時間，三家電視台都擠在七點半到八點的半個小時裡報告。雖然說新聞報導三台大同小異，看哪家還不是一樣，可是細研究起來，三家電視台，哪家都偶或有獨家新聞。三家同一時間播報就難免顧此失彼，與自己要看的新聞失之交臂了。更何況同樣是一條新聞，各家對現場鏡頭選擇、事件重點的敘述也不盡相同呢。

例如氣象報告，咱一定要轉到中視去聽，因為他家氣象報告，不但生動細膩，毫不公式化，而且有些言人所欲聞的氣象消息。我想，凡是注意氣象方面消息的朋友一定會有同感的。

八點到十點是各電視台的黃金時間，自然應當由各電視台自行安排臻於邊際效用的節目，增裕財源。可是六點半到七點，七點到七點半，連同原來的七點半到八點，一共是一個半小時，在這個時間裡，正是晚飯當口，三家電視台都認為是黃金外時間。如果大家能夠開誠布公，把新聞、氣象在這個時間裡分別輪流調配，岔開播放，咱想並不是一樁頂困難的事情吧。

電視節目最吸引人的是電視劇，最受人批評的也是電視劇。照咱的看法，一切往求真求實上去做，則一些詬病就可能澄清化解了。

譬如說，有些台語電視劇演員，國語實在太差勁，不但怪腔怪調，甚至於「支、吃」不分。偏偏在國語電視劇裡，要他（或她）成本大套的去說國語；反之，演國語電視劇的演員，台語說得生硬難懂，也硬要擠在台語劇裡插一腳湊熱鬧。自己雖然懵然不覺，甚且沾沾自喜，可是電視機前的觀眾可就坐不住啦。如果製作人能在一個電視劇派角之前，慎重加以考慮，電視機前觀眾可就大大有福，不會聽了之後，渾身起雞皮疙瘩啦。

現在電視劇，真正最讓人覺得彆扭的是布景、道具、服裝跟劇中時代不能配合，民初的戲有清朝服裝，一會兒又有現代服飾，最顯眼的是髮型。誰都知道民初的軍人，從大帥到兵卒，不是大光頭，就是平頭、小分頭，留大背頭的，除了察哈爾主席劉翼飛有幾名侍從留著大背頭，大家背後叫他們兔兒兵外，軍隊裡找幾位留大背頭的，那就不太容易啦。

前些時有個電視劇，大帥是「張長腿」、「韓青天」型的大帥，從正面看兩鬢長長的，從後面看雄冠佩劍，金帶黃綬，脖子上拖著蓬鬆的頭髮，所有副官、馬弁也是長髮垂肩，讓人看著不順眼事小，整個戲的氣氛都讓這幾位男性長頭髮給破壞了。如果戲劇負責人臨場有求真求實的意念，任何人不把頭髮剪到合乎當時的程度，不准上戲，嚴格執行，咱認為這齣戲就不會讓人覺得馬馬虎虎、兒戲一場啦。

凡是演清代戲的男演員十之八九都要留一條辮子，照當年實際情形來說，年輕人的辮子上額都要剃成月亮門，青年人還要留一圈孩兒髮。甚至於小女孩也不例外，要到十五六歲才把前額留滿不剃，叫做留頭，無形中說小姑娘漸漸變成大姑娘了。至於中老年人，雖然沒有一圈孩兒髮，可是剃頭打辮子的時候，前額也還是要剃成月亮門型的。

現在電視劇裡可好，不論老少，前額都一律黏得四鬢刀裁的整齊，甚至有些少年朋友，從頂門心就辮起辮花兒，一直辮到把根，再跟油鬆大辮子匯總一辮。這種辮子，可以說古所未有，今卻見之，這都是不求真實的現象，希望負責化妝的朋友能研究研究，把它改過來，不要再錯下去了。

電視平劇在臺北的觀眾來說，雖不算稀奇，可是對臺北以外各縣市愛好平劇的觀眾來說，大家對這個節目都特別珍視，尤其每週六孫元坡的國劇介紹，不但功能啟迪後學，甚至於西皮、二黃不分的年輕朋友，聽了幾次國劇介紹之後，不但上癮，而且對平劇發生莫大興趣，甚至有人想立刻拜師學戲呢。咱想如果真正打算振興國劇，像這類節目應當多多提倡，才是振興國劇根本之途呢。

不過有一點令人覺得遺憾的是，這個節目的講解全用口語，並且還摻點少數北平土語才能帶神。可是字幕上打出的字句，音同字訛的地方實在不在少數，也不知道是寫字幕的先生寫不出來，或認為無所謂。如果是因為土話字句寫不出來，不妨費點時間請教一下對國劇有研究的高明之士，切不可將錯就錯，一直錯下去。當年梨園行抄戲本的朋友，把狠毒的「狠」字多加了一點變成「狼毒」，一直「狼毒」了幾十年，不知費了多少勁才改過來，前車之鑑，不可不慎。

以上幾點都是咱看電視後想說而沒說的話，不知各位觀眾以為如何，是否也有同感？

故園情 / 唐魯孫著. -- 四版.-- 臺北市：大地,
2020.04
面： 公分. --（唐魯孫先生作品集；10-11）

ISBN 978-986-402-335-6（上冊：平裝）
ISBN 978-986-402-336-3（下冊：平裝）

863.55 109002431

故園情（上）

唐魯孫先生作品集 10

作 者	唐魯孫
發行人	吳錫清
主 編	陳玟玟
出版者	大地出版社
社 址	114台北市內湖區瑞光路358巷38弄36號4樓之2
劃撥帳號	50031946（戶名：大地出版社有限公司）
電 話	02-26277749
傳 眞	02-26270895
E-mail	support@vastplain.com.tw
網 址	www.vastplain.com.tw
美術設計	博客斯彩藝有限公司
印刷者	博客斯彩藝有限公司
四版一刷	2020年4月

大地

定 價：250元